54歳頃のエリザベス・ギャスケル
サミュエル・ロレンス画
By kind permission of Mrs R. Trevor Dabbs

阿部美恵／多比羅眞理子　編著

『エリザベス・ギャスケル――孤独と共感』

開文社出版

はじめに

現在、科学は限りなく発達し、私たちは過去の人々が想像もできないほどの豊かな生活を送り、つい先ごろまではその繁栄を謳歌していた。しかし、いまだに銃を持って戦う国々が存在し、またアメリカに端を発した金融危機が全世界に波及して、暗い陰が私たちを覆い、明日の見えない不安にかられている。その中で、声高に言われるのが人々の精神の荒廃である。実際、日本でも様々な犯罪のニュースが次々と伝えられ、従来の価値観、道徳観が崩れ去る様子に慄然とする思いを抱く昨今である。

一方で、世界の枠を越えて人々を一つにし、かつ私たちの精神を豊かにしてきてくれた文学は、日々変化し絶対的な価値観を持ちずらい現代社会において、実質的生産性のない存在として、片隅においやられている。

しかし、不安と精神的荒廃が満ち溢れた現在であるからこそ、私たちの心の平安は文学から得られるのではないだろうか。世界中の文学が、人生の師として存在し、私たちはその先達のメッセージが込められた文学に、今、触れるべきでないだろうか。そして、精神的豊穣の海のごとき文学を、もっと声高に求めてもよいのではないだろうか。

そうしたとき、時代は約二百年近くさかのぼるが、産業革命がおこり、農耕社会から機械中心の工業化社会という変革の時代を迎え、その国力のもとに大英帝国を築きあげたイギリスの社会構造に、現代との共通性を見いだすことがある。現在と同じように繁栄を謳歌する富める人々と、世の歯車に乗り損ねた貧しい人々が多く存在したイギリス。

そのイギリス、ヴィクトリア女王時代の産業革命による工業化のまっただ中に生きた一人の女性作家、エリザベス・ギャスケル（Elizabeth Cleghorn Gaskell, 1810-65）の存在に思いがいたる。

彼女は、工業都市マンチェスターに長らく居住し、牧師の妻として、母として、そして、小説家としてその役割を十二分に果たした女性である。彼女の文学は、当時の社会の諸相を反映した社会小説から、歴史小説、さらに、同時代の著名な女性作家のシャーロット・ブロンテ（Charlotte Brontë, 1816–1855）の生涯を克明に記した伝記、そして、日々の家庭の流れをさりげなく語りつつ、家族を構成する人々の心理を鋭く描く家庭小説とそのジャンルは実に多岐にわたる。

しかし、ヴィクトリア時代の女性作家のシャーロット・ブロンテ、ジョージ・エリオット（George Eliot, 1819–1880）と異なるのは、ギャスケルがあらゆる人間——老いも若きも、富める者にも貧しい者にも、そして、男性にも女性にも注ぐ限りない信頼と愛情である。母親が我が子に寄せる限りない愛情に近いものであろう。人はそれを「ギャスケルの慈愛」と表する。言い換えれば、「人々への篤い共感の心」とも表現できよう。ギャスケルと同時代のフランスの女性作家のジョルジョ・サンド（George Sand, 1804–1876）が「ギャスケルは、私のみならず、フランスの他の作家でもなしえなかったことを行ったのです。それは、世の人々の中の最も重大な関事心をよびおこす小説を書いたのです。しかも、彼女の小説はあらゆる少女たちが読むに値します」（A.W.Ward）*と述べたのも、ギャスケルが人々の心奥底に潜む様々な欲望、争い、悪だけでなく、これらに対する共感の心と慈愛に敬意を表したからに他ならない。

そこで、本書では、ギャスケルの主だった長編小説を取り上げ、実践女子大学名誉教授で、初代日本ギャスケル協会会長の山脇百合子先生を中心に、「孤独と共感」を共通テーマとして作品を解読してみようと考えた。これは、先の山脇百合子監修『ギャスケル文学にみる愛の諸相』（北星堂、二〇〇二年）の流れに続くものととらえても良いかも知れない。前回は、ギャスケルの作品に現れた「愛」をテーマにしたが、今回は、現在、様々な変革と混乱の世情を反映し、人々が孤独な日々を送ることが多いことから「孤独」を共通のテーマとした。

本書では、巻頭に山脇百合子先生から、ギャスケルの名作『クランフォード』について御寄稿頂いた。また、山脇先生とは日本ギャスケル協会創立当初から暖かな友情を育まれている英国ギャスケル協会事務局長ジョーン・リーチさんからも、加えて、英国ギャスケル協会会員で、長らくギャスケルと同じマンチェスターに住まわれ、ヴィクトリア時代の女性作家を研究されているグラスゴー在住のジェイムズ・治美さんからも論文を頂いた。執筆者全員、ギャスケルの愛好者であり、深く山脇先生を敬愛している点で共通する。そして、本書がギャスケルを愛する「クランフォード・レディー」たちが集い、彼女たちの間で交わされる鼎談《ていだん》のような論文集であれば、監修者としての目的は達成されたといえよう。

＊A. W. Ward, ed., *The Works of Mrs Gaskell*, 8 vols.（The Knutsford Edition, 1906; rpt. New York: AMS Press, 1972）, Vol. 1, Introduction

二〇〇九年四月

多比羅　眞理子

目次

"Matty–Miss Matilda–Miss Jenkyns!"

『クランフォード』の精神
――孤独の街から共生の街へ

山脇　百合子

『クランフォード』（*Cranford*）は「人間性の追求」という永遠の根本的テーマと現実の田舎町に住む数人の老女たちの日常生活描写をうまくブレンドした傑作作品である。

ギャスケルはなやむ街、煙の街マンチェスターを完全にはなれて、マンチェスター近郊の平和そのものの田舎町クランフォードという架空の名の町に舞台を一転させ、静謐なその地に住む、老年の女たち数名の生活に焦点を当てた作品を描いたのである。

「『クランフォード』の町は人間の住むところにはどこにでもある町である」とはサッカレーの娘で小説家でもあるアン・サッカレーの言葉である。短い作品の中に限りなく広く深い人生が展開されるのである。

この作品の書かれた当時、ギャスケルの生活の周辺は、人生の苦悩の渦に取り囲まれていた。ギャスケル自身、マンチェスターの牧師の妻として、生活に苦しむ人々、餓えて生命も奪われるような生活をしている労働者階級の人々を身の周りに見ていた。子供を飢餓の状態で死なせるような悲惨な生活の人々は牧師夫人のギャスケルに彼らの生死の境にようやく生きる生活の苦しみを訴えにきたであろう。さらに当時ギャスケルに人生最大の悲劇となった事件が起きた。ひとり息子で一歳になったばかりのウィリー（Willie）をしょうこう熱という突然の病で生命を奪われたのだ。

ギャスケル自身の愛児を失った苦しみは神様さえも分かって下さらないだろうと友人に悲嘆の気持ちを書き送っているが、彼女自身の生命もあやぶまれるほどの悲嘆のさ中にあった。

その苦しみの救いをもとめてギャスケルの心は少女時代を過した平和な町ナッツフォード（Knutsford）への憧れへと自然にもどって行った。

クランフォードはギャスケルが少女時代を過ごした母の故郷ナッツフォードにつけられた架空の地名である。シャーロット・ブロンテ（Charlotte Brontë）が彼女の最後の小説『ヴィレット』（*Villette*）で架空の街を描いたが、ギャスケルは彼女の架空の町クランフォードを創り上げて少女時代に過ごしたナッツフォードの回想へともどっていったのである。ナッツフォードはマンチェスターから二〇マイルほど離れた田舎町で、この文明文化から離れた古色そうぜんとした町を、作者は理想郷として心の奥ふかくに抱き続けていたのだ。この世で会うこともなくギャスケルが赤ん坊の時に亡くなってしまった母の面影を故郷ナッツフォードに探しもとめていたのだ。ナッツフォードの町全体がギャスケルにとって母への思いとひとつになっていたのだ。『クランフォード』において描かれるエピソードの数々もギャスケルがナッツフォードの母をよく知っていた叔父やおばから聞かされたものであるといえる。『メアリ・バートン』（*Mary Barton*）につづくギャスケルの名作『従妹フィリス』(*Cousin Phillis*)も、『ルース』(*Ruth*)もナッツフォードへの思いが色こくうつしだされている。

実在の田舎町ナッツフォードは作品『クランフォード』となって蘇った。『クランフォード』はギャスケルのあこがれの場所であり、亡き母に捧げた叙情物語詩であるといえよう。

当時ただひとり生まれた男の子を突然の病で失って、絶望のどん底にあったギャスケルの心は、ナッツフォードを作品に描きだし乍ら、ようやく生きる希望をとりもどしたのだ。

作家ギャスケルのひとりの悲しみは、ひとりの悲しみから万人の悲しみへとつながって行った。そして苦悩のはけ口として描かれた『クランフォード』はギャスケル自身の苦悩を背負う「いけにえの羊」(**scape goat**)の役割りを果すことになった。

『クランフォード』を執筆するに当たってギャスケルは「私はより美しいものを見たい(**seeing more beauty**)と思ってこの作品を書いた」と述べている。より美しいもの――人生の美の鉱脈を掘り下げることがギャスケルの作家としての使命であることを、彼女の信条として確認したのだ。人生により美しいものを見ることだけがギャスケルを死の苦しみから救った。

人生の美の鉱脈を掘り下げること――世の人々の生命の糧ともなって時代が変わってもその精神はうけつがれて行く。より美しいものを見たいという信念のもとに書かれた『グランフォード』には、ギャスケルの人生の信条がうつし出されている。

作品『クランフォード』のもつ神聖な輝きは今日でもますます明るく生命の燈火の光を増して行く。現代のギャスケル研究のイギリス文学界の第一人者S・ホイットフィールド教授(**S. Whitfield**)は『クランフォード』を「今さら批評するなどということはあえて神聖な作品への冒とくを犯すようなものだ」と述べている。一流の批評家たちも一様に『クランフォード』を批評することは作品が執筆されて以来今日も神聖視されていることへの冒とくであり、『クランフォード』の永遠の輝きの前には言葉を失うと述べている。

人生の美の鉱脈は作家ギャスケルの手によって掘り起こされた。彼女の掘りあてた人生の美は世界中のあらゆる読者の心の中に花の香りのように浸みこんで、美しい花を咲かせる。

『クランフォード』の価値

さて、作品『クランフォード』の眞の価値はどこにあるのだろうか。その魅力に迫ってみたい。「英文学の中で最も小粒であるが、永遠の生命に輝く」と英文学史の中で稱《たた》えられ、作品が書かれてから二百年近く経つ現代でも、まるでイギリス人の魂の象徴のように人びとに愛され、心の中に大切に抱かれ続けている『クランフォード』の価値を、あえて今更探ることは、確かにホイットフィールド博士の言うように作品への冒とくと言えよう。

『クランフォード』以前の英文学の中にやはり姉妹をヒロインとして扱ったジェイン・オースティン（**Jane Austen**）の傑作作品『高慢と偏見』（*Pride and Prejudice*）がある。ギャスケルは、やはりジェイン・オースティンのヒロインを思わせる牧師の娘二人を主体として登場させた。読者はジェイン・オースティンの若いヒロインの映像を再びギャスケルの作品で楽しめると期待したに違いない。

ところがギャスケルは読者の予想を見事に覆して、老境にある二人の老女とその友人たちの老女たちをヒロインとして登場させた。同じ英国の静かな田舎町を舞台に登場するギャスケルのヒロインたちは、七〇歳を超したかと思える老女たちに設定されている。

日本の文豪、夏目漱石はジェイン・オースティンの写実の妙技を絶賛して、「ジェイン・オースティンは写実の泰斗なり」という賛辞を与えて、写実の妙技を讃えた。

確かに、ジェイン・オースティン文学は、シャーロット・ブロンテも評するように、「きれいに整理された整然とした庭」の美しさを保つ。シャーロットはその庭に情熱のないこと、感情の高まりのないことを指摘して、情熱のない文学はこぎれいな庭のようなもので、文学に最も大切な要素とされる情熱のない文学は文学でないとまで言い切ったのである。パッションのないジェイン・オースティン文学に対して鋭い反撃の矢を射ったのだった。

ジェイン・オースティンもギャスケルもリアルな人間の姿を描くことにおいて、その的確さは他の文学者の群を抜いて称賛されるべきである。しかし、ギャスケルの描く人間像は単に外面のリアルな写実を超えて、人間の魂の奥まで迫っている。魂の奥の人の動きを的確に描き出して見せる。ここに根源的な人間の心が把握され、読者の心を打つ普遍の心の世界が展開される。外面的な人間の描写と内面の心の動きが見事に混り合って、心打つ真の文学が生まれる。

『クランフォード』に登場する時代遅れの服装をして、文明から離れた田舎町に住む老女たちは永遠に新しく、老いを知らず、「時」を越え、「時代」を越えて、はつらつと人生を楽しんでいる。その姿は、自己を失って過去にのみ生きて活力を喪失している多くの現代の人びとの心に大きな刺激を与え、永遠の若さと生きがいを示唆する。

イギリスの現代の文芸批評家C・ランズベリー博士（Coral Lansbury）は、流行の水着を着て、浜辺に寝そべって怠惰な生活をしている現代の女たちとクランフォードの質素な服装に満足して、流行には全く興味を示さないが高貴な魂をもつクランフォードの女たちを比べて、興味深い感想を述べている。

この世に生を受けてから、誰もが一様に死に向かっての時を刻んでいる。この大切な人生に充実した生きる喜びにあふれているクランフォードの老女たちの伝える教訓は大きいという意味を強調している。そして、クランフォードの老女たちのはつらつとした「時」を越えた人生哲学に読者は目覚めるべきであると、ギャスケル文学の背後に常に輝く新しい「生きる力」の大切さを指摘している。

ここで『クランフォード』の名場面として称えられているシーンを回想してみよう。

第六章でマティーさん（Miss Matty）が語り手メアリ・スミス（Mary Smith）に古い手紙を燃やしながら語る娘時代の回想のシーンは、『クランフォード』の愛読者には忘れられない秀逸なるシーンである。マティーさんの娘時代の回想の中で、弟のピーター（Peter）がいたずらをして牧師の父親からはしばみの杖で打たれ、大勢の村人の前でせっかんを受けた思い出が語られる。せっかんを受けたピーターは直後に家出をして行方不明となる。家出をしてどこにも姿の見えなくなったピーターを探して家中大騒ぎとなる。その折のピーターの母親の悲嘆の様子の描写は、シェイクスピア（William Shakespear, 1564–1616）の『リア王』（*King Lear*, 1605）の嘆きの描写に匹敵すると批評家たちが口をそろえて讃えている。

狂乱したようにいなくなったピーターを探し回る母親の嘆き悲しむ姿は、ひとり息子を失ったばかりのギャスケルの悲しみと重なって胸打つシーンである。

「最初は母もやさしい小声で『ピーター、ピーター！　私だからね』とまるであの子を安心させるみたいに呼んでいましたが、やがて庭にも干草置き場にもどこにも見つからないので……母の呼び声はしだいに大きくなってきました――『ピーター、ピーターや！　どこにいるの？』

午後はどんどん過ぎていきました――母は一刻も休まず、二〇ぺんも前に探させた場所を、ひとつ残らず探してまわりました……

……母のやさしい目つきはそれ以来すっかり変わってしまいました。いつも何かみつけられっこないものを探し求めているような、おどおどした落ち付かない目つきになっていました。おお！ほんとうに恐ろしい事件でしたわ。ライラックが花ざかりの穏やかな明るい日に、まさに晴天のへきれきだったのです。」

ギャスケル自身のひとり息子を失った悲しみは、彼女ひとりの悲しみから万人の悲しみにまで昇りつめられて行く。「母の目つきはそれ以来すっかり変わってしまいました。いつも見つけられっこないものを探しているような、おどおどした落ち付きのない目つきになってしまいました」という叙述は、ひとり息子を失ったときのギャスケル自身の悲嘆の表情の描写であろう。

作品『クランフォード』においてユーモアとペイソスはこもごも混り合って、人生そのものがコミック精神を通して描き出される。文学史上、後にも先にもない独創的な作品『クランフォード』こそ、ギャスケル文学の精神の真髄であると言えよう。

最後に『クランフォード』の英文学史上の価値について考察してみたい。

まずその特徴のひとつに、過去にも未来にもない小説としての〝短さ〟が挙げられる。短さの中にすべての人生（――ユーモアとペイソスを含む）が映し出される。

また文学的技法において、さまざまな新技法を創り出している。その第一に「筋のない小説」ということができる。また「時」が流動的に扱われていることにおいて、次の時代に創出される文学運動「意識の流れ」の運動の先駆けといえる。

ギャスケル自身、意識することなく、種々の次の時代の新しい文学精神を創出したのである。決して裕福でないクランフォードの女たち、エコノミイ節約を第一の信条として生活する彼女たちは少しも自分たちの貧しい生活を卑下することはない。むしろエレガント・エコノミイを楽しんでいるコミカルな生活技術は現代のエコ時代の精神にもつながっている。

ランズベリー博士は『クランフォード』だけでも、ギャスケルの名声は残るだろうと、この作品の永遠の価値について述べる。

『クランフォード』の精神こそギャスケルのものとも言われる。

ギャスケル研究家のホルデン女史（Elizabeth Haldane）は、「クランフォードの精神」をつぎのように述べる。

「我々自身と他の人々のために、この世をもっとたのしい場所にするように、クランフォードの精神こそ人生の喜びを増すための助けとなる。

クランフォードの精神こそひどい工業都市で、すすでよごれた街の中で人生の殆どを過ごす毎にくり返しやってきたギャスケルのあこがれていたもの――クランフォードの精神こそギャスケルの抱きつづけていたものである」

ギャスケルの愛が深く根ざしているところ、即ちクランフォードの精神こそギャスケルのものということができる。

『クランフォード』は、読者を楽しませてくれる寓話といえよう。読者は、『クランフォード』を読むことによって、作家とともにしばし、ファンタジーの世界に飛翔するよろこびをあたえられる。作家・ギャスケルは、高貴な香りに充ちた想像の世界にわれわれをつれて行く。全人類の宿命として背負う悲哀も不毛のり越えて、魂の救いのある世界へ読者をつれて行ってくれる。架空の世界『クランフォード』を産み出したギャスケルの飛翔力を駆使したこの作品は、すべての人々に愛と希望のつばさをあたえる。

MARY AND HER FATHER.

【あらすじ】

産業革命後の工業都市マンチェスターを舞台に、労働者であるジョン・バートンとその娘メアリが中心となって話が展開される。

ジョン・バートンは紡績工場で働く労働者であるが、機械化と労働者の余剰などの煽りを受けて職を失う。家族愛に溢れ、困っている者には救いの手を差し伸べるような善良な人物だが、貧困から息子を失ったことで、雇い主を始めとする金持ちに対する憎しみの感情を抱いている。さらに、最愛の妻と赤ん坊を同時に失い、その悲しみに打ちひしがれ、妻の心労の原因である駆け落ちした義理の妹エスタ、そして決して食べ物には事欠かない金持ちを呪い、復讐心までも抱くようになる。この出来事からはまるで別人になったかのように労働組合活動に没頭し、チャーティスト運動にも身を投じていく。その結果、工場主の一人息子であるハリー・カースンの命を奪う役目を負わされ、その任務を遂行する。

お針子となったメアリはこの殺人事件に動揺する。命を奪われたカースンは、幼なじみのジェムに自分の真の愛情があることを認識するまでは、豊かで幸せな生活を保証してくれる理想の結婚相手として夢見た秘密の恋人だったからである。奇しくも、凶器の銃の持ち主であることと数日前にカースンと口論したことが判明し、ジェムは殺人容疑をかけられて逮捕されてしまう。そんな折、おばのエスタの突然の訪問により、父親が殺人犯であることを知ってしまう。メアリは父親の秘密を明かすことなくジェムの無実を証明するためのアリバイ探しに奔走し、親切な人たちの協力を得て何とかその使命を果たす。

ジョンは工場主のカースンに懺悔し、悔恨のうちに息絶えるが、その後のジョブの思慮深い言葉がカースンの心の琴線に触れ、状況改善がなされる。そして、最後にはメアリが心から愛するジェムと結ばれ、新しい家族とともに新天地カナダで幸せに暮らすのである。

人物相関図

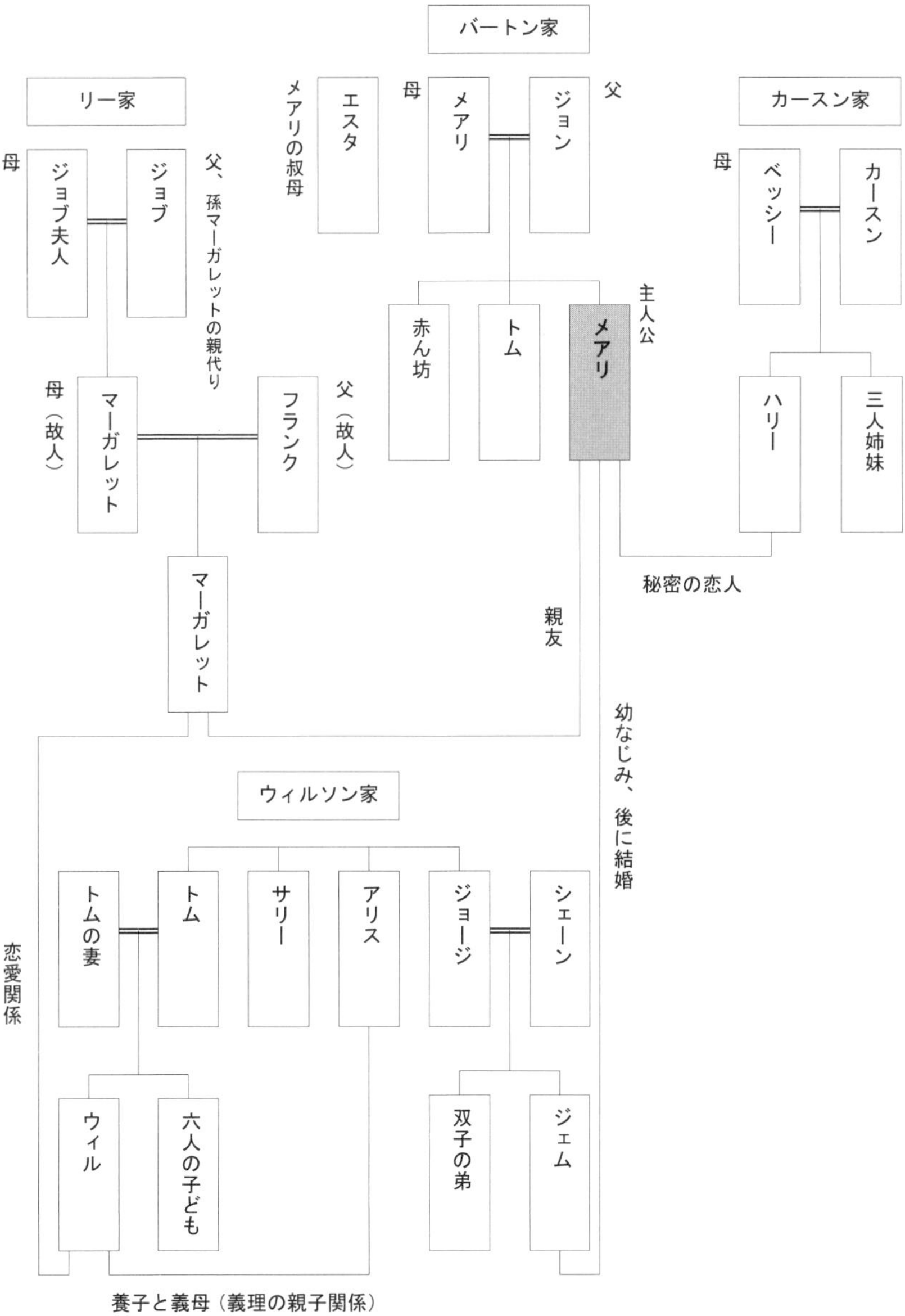

バートン家
リー家
カースン家
メアリの叔母
エスタ
母
メアリ
ジョン
父
母
ジョブ夫人
ジョブ
父、孫マーガレットの親代り
母
ベッシー
カースン
父
赤ん坊
トム
メアリ
主人公
母（故人）
マーガレット
フランク
父（故人）
ハリー
三人姉妹
秘密の恋人
マーガレット
親友
幼なじみ、後に結婚
ウィルソン家
トムの妻
トム
サリー
アリス
ジョージ
ジェーン
恋愛関係
ウィル
六人の子ども
双子の弟
ジェム
養子と義母（義理の親子関係）

『メアリ・バートン』
――キャラクターにみる孤独と共感

中山　恵美子

Ⅰ　はじめに

『メアリ・バートン』(*Mary Barton*) は、一八四八年、エリザベス・ギャスケルの処女小説として刊行された。巧みな描写力で「飢えたる四〇年代」前後の労働者たちの姿を赤裸々に描き、文壇に衝撃的なデビューを飾ったのである。産業革命がもたらした明暗を分かつ価値観のうち、「暗」の部分である労働者の貧困化の問題に目を向け、激変する社会の実情、労資間の確執、労働者の困窮ぶりなどが極めて克明に描かれていることから、現在でも社会小説として高く評価されている。[1]

また、この作品には労働者であるジョン・バートン (John Barton) を始め、その娘メアリ (Mary)、洗濯女アリス (Alice)、植物学や昆虫学に精通した職工ジョブ・リー (Job Legh) とその孫娘マーガレット (Margaret) など個性豊かな人物が登場し、彼らの性格や考え方を通して、愛・信仰・死などに対する観念に触れることができる。つまり、様々に織り成された人間模様の中に、対立する価値観の間で揺れ動く人間の姿が巧みに描写されており、深い洞察による人間性探求の書ともなっているのである。

これまでに様々な視点からのアプローチによって考察されている作品であるが、「孤独」と「共感」をキーワードに据え、作者が私たちに語りかけるものについて再考してみたい。

Ⅱ 作品誕生の背景

この作品が生まれたヴィクトリア時代は、イギリスの拡大と繁栄の時代である。一八四六年穀物法が廃止され、自由貿易が実施された。時代の風潮として科学の進歩とともに機械化が進み、目覚しい産業の発達は英国に驚くべき物質上の繁栄をもたらしたのであった。世界的な帝国となったことで英国民もその自覚を持つようになった。それゆえ、「ヴィクトリア時代的」という形容詞はいろいろな概念、例えば権力とか、安楽とか、贅沢とか、自己満足とか、中流市民的な道徳主義を意味するものとして用いられることとなった。

しかし、その一方で、経済的な発達は労働者の貧困化を引き起こした。農村による大農地所有者による共同利用地の私有地化（囲い込み）の結果、土地のない農民は村を離れ、労働人口として産業都市へ流入した。経済発展を遂げた町には職を求めて移り住んできた人々が増加し、ますます不労働者を増やす結果となった。当時のマンチェスター（Manchester）はこのような都市のひとつである。産業革命は富と物質的豊かさを人々にもたらし、選挙法改正が中産階級（ただし男子のみ）の権利の拡大と社会の流動性に貢献したが、おびただしい数の労働者階級はその恩恵に浴することはなく、社会的不平等と階級間格差を顕在化させることとなった。この時代はまさに、ディズレイリ（Benjamin Disraeli）が言うところの「二つの国民」を作り出した時代でもある。

奇しくも、このような時代、しかもマンチェスターという地にギャスケルは結婚を機に住まうようになる。夫ウィリアム（William）はユニテリアン派に属する教会の牧師で、様々な階級の人が教会を訪れていた。その妻であるギャスケルは子どもの養育はもちろんのこと、夫の仕事にも協力していたので、これらの人々と話をする機会を多く持つようになる。その中でも、慈善活動を通して、職を失い日々の暮らしもままならぬ労働者の実態に心を痛めるようになった。

ギャスケル自身は労働者階級に属していたわけではなく、経済的に大変裕福であるとはいえないまでも、ゆとりはあったようである。多忙な生活の中ではあったが、新婚旅行の思い出の地であるウェールズ（Wales）を家族と共に訪れる機会が持てた。しかし、その旅先でまだ一歳にも満たない息子ウィリアム（William）を猩紅熱で亡くしてしまうのである。愛しい息子を死なせてしまったという悲しみと罪悪感でギャスケルは精神的にも肉体的にもダメージを受け、周りの人々たちを大変心配させた。この折に、妻の文才と目的意識の高さを理解していた夫が小説を書くことを勧め、これが夫人が筆を取るきっかけとなったのである。

愛する子どもを失うというこの経験は、貧困によって死をよぎなくされている労働者やその家族の実情と重なり、そのいたたまれない気持ちの共感、そして同情へと強く動いていったのである。「このもの言えぬ貧しい人々たちの折々身悶えさせる苦しみを、私は代弁したくなった」[2]という内側から湧き上がる使命感にも似た感情を持って、「本能的直観による同情」[3]を基調として、労働者のありのままの姿を描き出したのであった。小説を読む人々に社会的弱者である労働者への理解と共感を促し、彼らの考えの中にも共通部分や共通理解されるべきものがあるということを訴えるためにこの作品は書かれたのである。

Ⅲ　ジョン・バートンという悲劇

物語は、紡績工場の労働者であるジョン・バートンを中心に展開される。ギャスケル自身、私の「ヒーロー」[4]と呼んでいるように、ジョンは労働者という集合体を象徴する以上に、個の人格と感情を持った一人の人間として登場し、様々な状況に翻弄されながら生きることを強いられる人物として描かれている。

目鼻立ちははっきりしていて、整っていないというのでもないが、その表情が極度に真剣で、善に対しても悪に対しても、どちらに対しても強い決意を示す一種の潜在的に熱烈な激しさが潜んでいた。今現在、顔つきには悪よりも善の方が強く表れていた。(第1章)[5]

ここで述べられている「善」と「悪」には、法律や道徳などの倫理的な価値観に基づくものと、人間性を表す精神的な価値観に基づくものとの二つの意味が含まれている。真面目で不屈の精神を持った善良な人物であると同時に、一度決めたら、どんなことがあっても盲目的に突き進み、他の意見には耳を貸さなくなるような過激性のある人物でもあるというこの描写は、ジョンを悲劇的な人生に向かわせる状況の伏線となっている。

ジョンが示す人間的な「善」は、相手に対する愛情や思いやりの心である。ウィルスンの家族と一緒にピクニックをした後、自宅でのお茶会で心温かいもてなしをしたり（第1章）、ダヴァンポート（Davenport）が瀕死の状態になっているときは、持っている食べ物はもちろん、薬代の工面のためにスカーフと一張羅の服を惜しげもなく質屋に売ってしまう場面（第6章）は、ジョンの他に対する掛け値なしの優しさが十分に伝わってくる。これは相手に何の見返りも求めない施しの愛、すなわち、隣人愛の精神の表れであろう。一方で、彼にとっての「悪」とは精神的な清らかさを汚す感情であり、自分たちとは対照的な暮らしをしている金持ちの態度に対する憤りや憎しみである。それは、かつて働いていた工場の閉鎖が原因で解雇された時、食べ物を買えずに息子を失った経験からきていた。雇い主も困った状態にあるだろうと同情していたが、実際は何もそれまでと変わらない贅沢な生活が送られているという事実を目の当たりにし、「何故、雇い主は苦しんでいる労働者を顧みないのか」、「何故、同じ人間でありながら片方が苦しまねばならないのか」と「ダイヴィースとラザロ」（Davis and Lazarus）の例えが現実であることを実感し、その怒りを胸中でくすぶらせているのであった。

貧困の状況は一向に改善されず悪化の一途をたどり、それに比例するかのようにジョンの身の上に悲劇が起こる。まず、第一の悲劇は妻メアリ（Mary）と生まれえぬ赤ん坊の死である。

ジョンと妻の間にある深い愛情は、彼の「善」を促すものであったが、ジョンの人生に良い影響を及ぼしていたものの一つが消え、この世のやさしい人間性に、彼をつなぎ合わせていた結び目の一つが解けてしまったのだった（第3章）。その後、孤独感や悲壮感を強め、妻の心労の原因となった駆け落ちした義理の妹エスタや金持ちを始めとしてまわりの人々にも心を閉ざしていく。健全な他との係わりを拒んだジョンは、現実の辛さを一時的に紛らわすための阿片に溺れることも多くなるが、以前にもまして労働組合の活動にのめり込み、さらにはチャーティスト運動の代表者となっていく。

そして、ついにバートンが人生の中で最大の敗北と意識する悲劇がおきる。それは代表として嘆願書を携えてロンドン（London）の議会へ赴いたものの、瞬時にしてあしらわれ、屈辱感と深い絶望感を与えられたことである。

法制度とそれを司る政治家に対する絶望感と、今だに自分たちの貧困に知らぬふりをしている雇い主に対する憤りが一緒になり、自分たちの感情を直接伝える手段へとエスカレートしていく。ストライキはその武力行使の一例であるが、ジョンたちの選択は工場主への怒りを表すための暗殺という犯罪行為であった。結局、ジョンがくじに当たり、見せしめとして工場主カースン（Carson）の息子ハリー（Harry）を銃で殺害し、その任務を果したのだった。

ジョンの「善に対しても悪に対しても、どちらに対しても強い決意を示す一種の潜在的に熱烈な激しさ」は完全に仇となってしまった。皆の総意という名のもとで勢いに流され、感情的な判断に頼ったことから殺人者になってしまったのである。ジョンは当然、「殺人」が犯罪であり、倫理的に許されないものであることは分かっていたはずである。しかし、怒りや憎しみといったより激しい感情が理性や想像力を越えてしまったところにジョンの悲劇がある。

この実力行使の引き金となったのは、殺されるカースン自身の無頓着すぎる礼節に欠けた行為であった。それは、カースンがある一人の労働者の絵をカリカチャーとして描き、仲間同士で笑い、その後にその絵を暖炉に捨てたことである。図らずも、これらの一部始終を労働者のうちの一人が目撃し、その事実を仲間に告げた。そして自分たちの仲間の一人が嘲笑われたことへの憤りと悲しみの両方の感情から報復手段に出て、それを決行したのだった。同じ人間でありながらその価値を軽んじるような行為はギャスケルの信条に反するものである。同じ人間に対する蔑みの行為が暴力的行為にも至る可能性があることにギャスケルは胸を痛めたのである。しかし、ギャスケルは殺人の実行を容認する感情主義者ではない。倫理的な悪は彼女には受け入れられないものである。殺人という行為に正当性を認められないギャスケルは、あくまでも、事態を引き起こすに至った状況を述べ、その事実の痛ましさを感じさせるにとどめている。一方で、ジョンが労働者の総意という名前のもとで実行した行動について、ギャスケルはその行為を誘発した自尊心を「偏執狂」と呼び、さらに「誤った信仰」と公言している。また、ジョンのような人間を「フランケンシュタイン」（Frankenstein）のようであるとも言い、知恵がなければ愛さえも、その効力にもかかわらず害になるという危うさを示唆している（第15章）。つまり、多くの人間性は備えているが、教育がないために善悪の判断に欠ける行動をしてしまった人間の悲劇を哀れんでいるのである。

ジョンは心を病み、他を排斥していくうちに信仰心をなくし、人間的な生き方の指針を失ってしまった。そして、自分の信念を過信しすぎたばかりに転落した人生を歩まなければならない悲劇的な人間の姿をジョンは象徴している。

『ジョン・バートン』が始めの題名でした。この人物をストーリの中心に考えていたのです。無知だけれど考える力や深い思いやりを持つ男性が、こんなに矛盾に満ちた町に住んでいて、身動きできない状態になっている。そのような生活は悲劇を描いた詩であると、私は長い間感じてきたのです。[6]

ギャスケルは、思慮深く思いやりに溢れる男性が、無知によって困窮していくという悲劇をジョンという労働者の姿を通して描くことを意図し、その目的を達成した。始めは金銭や物資という物理的なものの問題にも思われたが、ジョンの人生航路における精神の内面的な葛藤をも描き出し、外部と内部、すなわち現実世界と精神世界の双方から追い込まれる求心的な苦しみを負わされた人間の姿を描くことでその悲劇性を強めている。

ギャスケルは人間存在に対する心の問題の解決策をジョンとともに模索した。ジョンの死の場面で自分と同じように愛する息子を失った工場主カースンに、自分たち労働者が同じ人間から無視されたことへの怒りと、その怒りから殺人を犯してしまったこと、そして、このことがどれだけ自分を苦しめたかという懺悔の告白をする。そしてその解決を人間同士が互いに理解し合うことに求めた。始めは息子を殺したジョンの言葉を受け入れようとしなかったが、良心の呵責に苦しむジョンを見て、敵をも許す至高の境地に達するのである。このような人間の心の和解こそ、ギャスケルが求めたものであった。お互いの理解がなされた証としてジョンは雇い主カースンの腕の中で息絶え、ジョンは良心の呵責という煉獄状態から救われたのだった。

Ⅳ　愛と自己の確立

ジョンは怒りにかられた行動から孤独になり悲劇的な人生をたどった。ジョンとは対照的に、孤独感を抱きながらも一人の人間として成長を遂げ、幸福な人生を得るのが娘メアリである。その成長の過程では取り巻く登場人物たちが大きな影響を与えている。

メアリは年頃になって母親譲りの美しい娘に成長する。母親の死後は父親のしつけの甘さから、同じ年頃の子どもに比べると比較的自由な生活ができ、親の放任主義に甘んじている。一六歳のメアリは虚栄心が強く、「自分の美しさゆえに、いつの日にか貴婦人になれる」ことを疑わず、「いつも見かけに気をくばり、身なりを整えるべきで、手を汚す仕事や重労働で顔を赤くしたり汚したりする必要がないから」という理由でお針子の仕事を選ぶ（第3章）。

ギャスケルは「どんな階級、どんな環境でも、一六歳の娘なら愚かな想像をするものだ」と同情しつつ、その無知や無垢性を強調しているが、無垢の象徴ともいえるメアリが厳しい現実と対峙するのは、将来の結婚相手に夢見ていたハリー・カースンが殺害され、その軽はずみな愛が皆に知れ渡った時であった。お針子仲間のサリー（Sally）以外にその事実を知っている者はいなかったので、「浮ついた娘」として世間の噂の的となり注目も浴びるようになる。さらにその状況を悪化させたのは、幼なじみのジェム（Jem）が殺人容疑で逮捕されたことであった。ジェムは昔の友人であるエスタからその恋愛の噂を聞き、事実関係を確かめるためにカースンを待ち伏せた。その際口論となり警官が仲裁に入ったという事実と、カースンの殺害に使用した銃が彼のものであるという事実から、嫉妬心に駆られてやったことだと判断され、殺人犯の容疑をかけられて逮捕されてしまったのである。その後、エスタは犯人に対する同情から、銃の顛装に使ったと思われる紙片をメアリのもとに届けるが、その渡された紙片から、父親ジョンがカースン殺しの真犯人であることを確信する。

心から愛するジェムが無実の罪で捕まっている一方で、父親が真犯人であるという事実が分かっているメアリは心が引き裂かれそうになるが、ここでメアリの取った行動は二人の命を救うためにジェムのアリバイを探すというものであった。

メアリは厳しい現実から目をそらすことなく、あえてその現実を受け止めて困難に立ち向かっていくのである。メアリはこれを「必ず果たさなければならない行為」と使命感を持って行動に移していくが、この時のメアリには虚栄心などは入り込む余地はなく、冷静な判断をしながら問題の解決にあたろうとしている。ギャスケルはメアリを無垢な少女から女性へと、それも勇気ある精神的な強さを持った一人の人間として行動させている。

メアリは冷静かつ慎重に行動する必要性を感じ、アリバイという専門用語の意味を理解しなければ事の進展はないと、まずは知恵と博識にたけたジョブに相談をする。ジョブはアリバイについての説明はしてくれるものの、ジェムの無実をどうしても信じることができず、同情はしつつも、「どんな時でも正直であれ」と言うにとどまっている。

この一方でメアリの行動の後押ししてくれるのが、同年代のマーガレットである。その役割と価値をギャスケルは次のように述べている。

マーガレットは大変しっかりした常識を備えていて、それが彼女の大きな魅力であった。これがどんなに価値のあることなのか、無意識のうちにも皆さんは気づかないのだろうか。難しい問題を明確にする力を持つ友達を持つことは嬉しいことだ。その人の判断は、何をするのが最善なのかを教えてくれる。またその友達は、何が「一番賢明で最善」なのかが分かっているので、目標を考えているうちに、道を塞ぐあらゆる困難が減っていく。人は才能を賞賛し、その賞賛について語り合う。しかし、人は常識については語ることはなく、また、たいていは無意識のうちにその価値を認めるものなのだ。(第5章)[7]

さらに、マーガレットの人生観が次に表わされている。

自分とは異なった性格の人が持つ、意志と主義の間でどれだけ強く揺れ動くものかわからなかった。マーガレットにとっては、行動が間違っていると確信することは、それを決して行わないということ

だった。（第22章）[8]

マーガレットは決して飾ることなく、常識的なことを等身大の倫理観として持っており、その対局にある虚栄心や嘘にたいして嫌悪感を抱いているが、寛大な赦しの心をも持っている。カースンの殺人事件が起こったとき、メアリの友人に対する裏切り行為ともいうべき、不義、カースンとの恋愛遊戯に関する秘密を隠していたことでメアリに失望し、一時は友情関係が絶たれる危険性はあったものの、ジェムの嫌疑を晴らそうとアリバイ探しにのりだす際の真摯な言動に心を動かされ、メアリの行動を促す決め手の言葉を発し、その後押しをするのもマーガレットである。

マーガレットは虚栄心に魅せられることのない価値観、物事の善悪や真摯な言動などという等身大の道徳観をメアリに享受する役割を担っている。

自意識に目覚め、現実に目を据えたメアリは過去を恐れることなく行動しており、メアリの精神的な成長を表すものである。

突然彼女は決心した。現在がすべてだった。……しかし今、自らの過ち、愛さえも告白することができるのだ。最愛の人が人々に嫌悪されてこのように立っている時、女性としての自分と告白する自分との間には恥など存在しないだろう。（第32章）[9]

メアリは裁判の証言台で羞恥心を完全に捨て去り、過去の自分の軽はずみな行為を恥じ、ジェムへの真の愛を告白する。

その後、ウィルが証人となってジェムのアリバイを証明する。ジェムは無実となり釈放されてメアリとジェムは結ばれるのである。

一連のメアリの成長過程を見てきたとき、確かに自意識の目覚めによる愛の行動をしたメアリの強さもそうであるが、多くの人たちの自己犠牲や協力があったことに気付かされる。

ジョブやマーガレットの常識や友情、そしてジェムが進んで犯人になることを選んだ自己犠牲、叔母エスタの必死の訪問、そして、全く見知らぬ人である船乗りの親切心など、全てがメアリのために与えてくれた温かな人間愛である。一人孤独な存在であったメアリは愛に溢れた人びとに囲まれていたがゆえに人間的な成長を為し得たのであった。

ギャスケルは愛が人間の根源であり、最も力強い絆であることを私たちに示している。

メアリはジョンの死によって天涯孤独となるが、ジェーン（Jane）はメアリに「お前は一人ぼっちではない」と言って人間の普遍的な愛の可能性を与えている。愛という精神的なつながりはギャスケルが希求したものに相違ない。

前もって言おうと思っていたこと、この弔問のために用意しておいた形式的なお悔やみの言葉とはひどく違っていた。なぜなら、夫人の言葉は心からのお悔やみの言葉で、純粋で汚れのない真の宗教にするために、美辞麗句は必要なかったからだ。（第３６章）[10]

この言葉が示すように、ギャスケルは人間の中にある神性を鋭く見つめていたのであった。

Ⅴ 信仰と人間の英知

この作品のなかで、アリスとジョブ・リーという二人の老人には大変大きな存在感がある。人生経験の豊かさと常識を十分に持ち合わせているということも二人の人物の魅力であるが、それぞれが私たちに人間性の本質ともいえる気高く清らかな愛の精神を持っているからである。

「姉さんほど心から手助けを進んでしてくれる人は他にいない」（第1章）と、その人を慕いつつ、ジョージ・ウィルソン（George Wilson）は言うが、アリスほど、この厳しい時代背景において穏やかな人柄のイメージを与える人物は他にいない。

アリスは家族の貧しさから奉公を余儀なくされ、マンチェスターにやってきたが、自分の人知では計り知れない運命のために、それ以来一度も故郷に帰ることもなく人生を全うするのである。

神様は計画をたてることを反対していると、ときどき思うことがあるんだよ。あたしが計画をたてすぎるといつでも、神様は計画がだいなしになるようになさる。まるで神様の御手にあたしの未来をゆだねさせようとなさっているかのようにね。（第7章）[11]

自分の意志に反することは起き得るもの、現実はままならぬものであると言うが、その言葉は決して、神に対する問いかけでも憤りでもなく、神の意志をありのままに受け入れようとする真摯な心である。アリスの心には、『神の御心の行われんこと』を実行することが自分の役割で、生活を慎ましやかに送りつつも、他人に対する善行をなすことが自分に与えられた使命であるという強い信念が根付いている。

お茶会での祈りの言葉に思慮を欠いた言葉を言ってしまったと心を痛め、以後その失敗・過ちを繰り返すまいと自己内省する場面（第1章）、ウィルソンの双子が死に行く際の悲しみにくれる母親ジェーンに話しかける場面（第12章）などでは、無垢な心を持って自己内省する真摯な人間、他の心の痛みを感じ入り、思いやりに満ちた行動を実践する慈愛に満ちた人間の姿がある。

ギャスケルはユニテリアン派の教えを生活の中で実行していた。その教えはキリスト教の教えを生活の中で実行することであり、それはすなわち、愛の実践を意味するものでであった、ギャスケルは自らの信念を価値観に据え、その精神をアリスという人物に反映させている。

その篤い信仰心と無私無欲の清らかな生き方は第3章で引用された詩に的確に表されている。

広々とした大空のもと　何ものをもねたまず
邪な行いを　空費した時を嘆かず
生命あるすみれのごとく　静かに
よきものをして与えられたものを喜びとし　天に返せ

やがて懲らしめの雨の中　満ち足りて身をかがめる
エベネザ・エリオット[12]

ジョブは常識や知識を多く蓄えているだけではなく、人間愛に溢れた人物として描かれている。その優しさに満ちた精神は、一人娘がマーガレットを産むとすぐに他界してしまい、ロンドンに引き取りに行くが、赤ん坊をあやすために娘婿の父親と一緒になってナイトキャップをかぶってあやしつける場面（第9章）や、マーガレットの眼が全く見えなくなる前から何かぶつぶつと小言を言って自分の本や標本を片付けてあげる場面など（第8章）は、その情景が目の前に浮かんできて思わず笑ってしまうようなユーモラスな場面であるが、ジョブのマーガレットに対する慈しみの心と愛情が伝わってくる。

また、作者はジョブに労資の問題解決の可能性を示す役割を与えている。ジョンが壮絶な死を果したあと、カースンはジョブとジェムを呼び、息子殺しの犯行に及んだ経緯について尋ねている。これは社会的な強者の歩み寄りであり、ストーリのクライマックスともいえる場面である。

神は受けるべき恩寵を下さる時、神はなされるべき義務をも与えて下さる。幸福な人の義務は、苦しんでいる人々が苦痛に耐えられるよう手助けをすることだ。（第37章）[13]

人間の善意による共感と良識による相互理解こそ最重要なものであるとギャスケルは私たちに訴え

ている。その厳しい現実に生きる人間の善意を描くことで、人間としての尊さを示したのである。ここには人間に対する作者の温かい愛情が注がれている。現実の認識の上に立ち、決して反感や怒りの感情をあらわにすることなく、相手を納得させうる良識をもって物事の改善を訴えかけている。これは作品全体において貫かれた彼女のスタンスであり、この誠実な姿勢こそギャスケルが作品、そして万人に対して示した彼女の信条であった。その結果、人間としての秩序を守りつつ、少しずつ改革への道を促すことができたのだ。

Ⅵ　おわりに

「真実を描くこと」をモットーとしたギャスケルの信念に基きこの作品は多くのことを語ってきた。孤独である人々に対する温かなまなざしが、共感となって作品が生まれた。それはとりもなおさず、人間に対する慎ましやかな共感を表現したいという一念で、時には亡くした子どもへの思慕の情、またある時は作品に対する世間の批判などの様々な感情を乗り越えようと渾身の力を発揮したギャスケルの「執筆」という孤独な作業に負うていたのではなかろうか。冒頭に示されたカーライル（Thomas Carlyle, 1795–1881）の言葉を信じ、普遍的な事実や愛といった人間の心を動かす確かなものを描いたからこそ、時を越えても色褪せることはないのであろう。ウォルター・アレン（Walter Allen）はこの作品の存在価値を「主としてヴィクトリア朝前半の社会問題に対する態度とヴィクトリア朝前期の貧窮者に対する、ほとんどヒステリーに等しいほどの恐怖心を例証する歴史的文書にある」[14]と述べているが、それだけにとどまらない、人間の生き方を示唆する英知の文書としての価値観がある。

人間が互いに理解しようとする善意と思いやりに溢れた心を持って行動すること、また愛や希望を失わず生きることをあきらめない限り、我われにはまだ幸福につながる生き方があるということをこの作品は訴えているのであり、この観念は人々の心に心地よく浸透する命の源となり、よりよい社会への展望がなされうるがゆえに、この作品に確固たる価値と存在意義を与えているのだ。

使用テキスト

The World's Classics Elizabeth Gaskell, *Mary Barton*, Oxford University Press, 1989.

本文の邦訳は、相川暁子・朝川真紀・阿部美恵・金子史江・多比羅眞理子・中村美絵・中山恵美子共訳『メアリー・バートン』(近代文芸社、一九九九年)から引用。

注

(1) Sean Purchase, *Key Concepts In Victorian Literature* (New York: Palgrave Macmillan, 2006), p.xiv.
シーンはヴィクトリア朝の文学作品全般にわたる考察において、「社会小説」の代表として『メアリ・バートン』と『ハード・タイムズ』(*Hard Times*)の二作品を挙げ、「作者が自分たちの作品を社会的かつ経済的改善の使者となることを意図した」と述べている。

（2）*Mary Barton*, p.xxi.

（3）山脇百合子著『エリザベス・ギャスケル研究』北星堂書店、一九八二年、七七頁。

（4）J.A.V Chapple and Arthur Pollard, eds. *The Letters of Mrs Gaskell* (Manchester: Manchester University Press, 1966), p.70.

（5）*Mary Barton*, p.13.

（6）*The Letters of Mrs Gaskell*, p.70.

（7）*Mary Barton*, p.46.

（8）*Mary Barton*, p.294.

（9）*Mary Barton*, p.382.

（10）*Mary Barton*, p.445.

（11）*Mary Barton*, p.77.

（12）*Mary Barton*, p.28.

（13）*Mary Barton*, p.454.

（14）ウォルター・アレン著、和知誠之助監修『イギリスの小説』〈批評と展望・上〉、文理、一九七七年、二四六頁。

参考文献

朝日千尺編『ギャスケル小説の旅』鳳書房、二〇〇二年。

足立万寿子『エリザベス・ギャスケル―その生涯と作品』音羽書房鶴見書店、二〇〇一年。

多比羅眞理子『ギャスケルのまなざし』鳳書房、二〇〇四年。

松岡光治編『ギャスケルの文学―ヴィクトリア朝社会を多面的に照射する』英宝社、二〇〇一年。

山脇百合子『英国女流作家論』北星堂書店、一九八二年。

山脇百合子監修『ギャスケル文学にみる愛の諸相』北星堂書店、二〇〇二年。

ルネ・ラルー著、吉田健一訳『英文学史』白水社、一九八三年。

Foster, Shirley. *Elizabeth Gaskell: A Literary Life*. New York: Palgrave Macmillan, 2002.
Houghton, Walter E. *The Victorian Frame of Mind*, 1830-1890. London: New Heaven and Londo,1957.
Lansbury, Coral. *Elizabeth Gaskell: The Novel of Social Crisis*. London: Elk Books, 1957.
Moran, Maureen. *Victorian Literature and Culture*. New York: Continuum, 2006.
Uglow, Jenny. *Elizabeth: Gaskell A Habit of Stories*. New York: Farrar Straus Giroux, 1993.
Wright, Terence. *Elizabeth Gaskell 'We are not angels': Realism, Gender, Values*. Basingstoke, Hampshire: Macmillan Press, 1995.

ルース

"Come and look at yourself in the pond"

【あらすじ】

主人公ルースは農場経営者、ヒルトン夫妻の一人娘として生まれ、やさしい両親の元で何一つ不自由なく育つが、一二歳の時に母親を、一五歳の時に父親を亡くした。後見人の世話でメイスン夫人の婦人服仕立て屋で見習いのお針子となる。

ある晩、州立ホールで開催される舞踏会にメイスン夫人のお供で三人の仲間と出かけた。その会場で、ルースはベリンガムという青年の彼女に対する好意に感激する。翌日、川で溺れかけている少年を見つけたルースは、通りかかった青年に助けを求めた。彼は昨日会ったベリンガムだった。偶然の再会である。ある日メイスン夫人に二人でいるところを見つかってしまう。途方にくれるルースに、ベリンガムは一緒にロンドンへ行こうと誘った。逃避行をしている時に、病気になったベリンガムを母親は連れ帰ってしまった。一人残されたルースは絶望のあまり自殺しようとするのだが、非国教会の牧師ベンスン氏に助けられる。衰弱していたルースがベンスン氏と彼の姉フェイスの手厚い世話を受けている時、ルースの妊娠が分かる。悩んだ姉弟は彼女を若い未亡人と偽り、自分たちの住む牧師館へ連れて帰ることにした。

ルースは息子のレナードと共にベンスン姉弟、サリーとの生活を始めた。彼らから人間の生き方などを教えられ、更に教養を身に付けて立派なレディに成長した彼女は、家庭教師として同行したブラッドショウ家の別荘で、ダンと名前を変えたベリンガムと劇的な再会をする。彼は知性溢れる美しい大人の女性となったルースに結婚を迫るが、拒否される。ほどなくして、ルースの過去がブラッドショウ氏の耳に入り、彼女は家庭教師の職を失った。

職を失ったルースは町の医者デーヴィス氏から看護婦の仕事を紹介してもらい、生来のやさしい心根を持って全力で患者の世話をした。ある時、デーヴィス氏からダンが熱病に罹ってホテルで臥せっていると聞かされる。三日間だけというデーヴィス医師との約束でダンに付き添ったルースは、この時熱病に罹り、家に帰ってデーヴィス医師の治療を受けた。彼の懸命な手当の甲斐もなく、ルースは天国に召されてしまう。牧師館を訪れたダン氏は、ルースが美しく神々しい姿で目の前に横たわっているのを見て茫然とした。そしてベンスン氏に厳しい拒絶の態度を見せられて憮然として帰って行く。追悼式にはベンスン家と絶縁状態にあったブラッドショウ氏をはじめ、ルースが親しくしていた友人や彼女を慕う大勢の貧しい人たちが参列し、彼女の死を悼んだ。

人物相関図

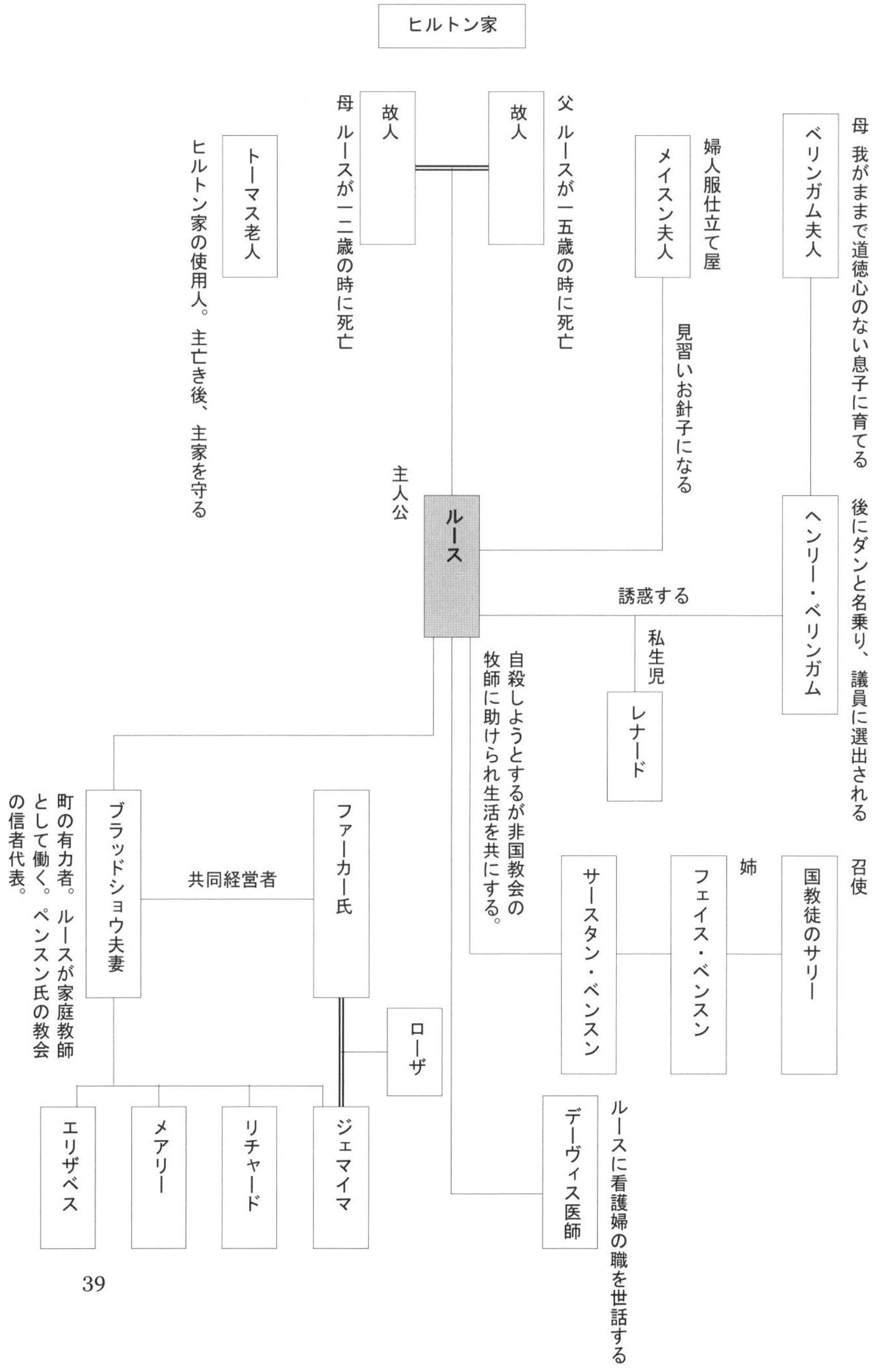
ヒルトン家
故人
父 ルースが一五歳の時に死亡
故人
母 ルースが一二歳の時に死亡
トーマス老人
ヒルトン家の使用人。主亡き後、主家を守る
メイスン夫人
婦人服仕立て屋
見習いお針子になる
ベリンガム夫人
母 我がままで道徳心のない息子に育てる
ヘンリー・ベリンガム
後にダンと名乗り、議員に選出される
主人公
ルース
誘惑する
私生児
レナード
自殺しようとするが非国教会の牧師に助けられ生活を共にする。
サースタン・ベンスン
姉
フェイス・ベンスン
召使
国教徒のサリー
デーヴィス医師
ルースに看護婦の職を世話する
ブラッドショウ夫妻
町の有力者。ルースが家庭教師として働く。ベンスン氏の教会の信者代表。
共同経営者
ファーカー氏
ローザ
ジェマイマ
リチャード
メアリー
エリザベス

『ルース』――ルースにみる誠実さ

角田　米子

Ⅰ　エリザベス・ギャスケルとユニテリアン

エリザベス・ギャスケルの作品を読むにあたり、彼女と深く関わっているユニテリアン（Unitarian）との関係を考えてみる必要があろう。

エリザベス・ギャスケルは生後一年で母親を亡くし、叔母のハンナ・ラム夫人（Hannah Lumb）の住むチェシア州（Cheshire）ナッツフォードで娘時代を過ごした。しばらくして、母方の親戚が住むニューキャッスル・オン・タイン（Newcastle-on-Tyne）に移り、ユニテリアンの著名な牧師ウィリアム・ターナー氏（William Turner）と彼の娘アン（Ann）と共に生活を始めた。慈愛に満ちたターナー牧師はエリザベスに大きな影響を与えた。この娘時代の経験は小説『ルース』の中に再現されている。その後、ターナー牧師の長女ロバーズ夫人（Mrs. Robberds）を訪ねてマンチェスターに行った。ロバーズ夫人の夫はマンチェスターのユニテリアン派の牧師で、その教会で後に夫となる有能な若いウィリアム・ギャスケル（William Gaskell）が副牧師として働いていた。ギャスケル氏は多方面にわたる豊富な知識を持ち、人望も厚く、マンチェスター・ニューカレッジ（Manchester New College）では英国史、英文学を教えており、またドイツ語の学者でもあった。

　ギャスケルの信条となっているユニテリアンとは、どういうものであったか、その成立に至る歴史も含めて考えてみたい。

　ユニテリアンは紀元三二五年ニカイア宗教会議（Council of Nicaea）で異論を唱えて破門された聖職者アリウス（Arius）に端を発するアリウス主義にその源がある。ヨーロッパで起きた宗教革命以降、英国ではイングランド国教会と非国教会の二つの流れができた。非国教会は複数派に別れていて、その一つがアリウス主義の流れを汲み、イタリアの宗教改革者ソッツィーニ（F. Sozzini）によるソッツィーニ主義（Socinianism）を取り入れ、英国のビドル（J. Biddle）が提唱するビドル主義（Biddelians）はビドル主義者の参加を経て、一八世紀中頃にユニテリアンとして確立した。ユニテリアンの教義はキリスト教の正統派教義である三位一体論――「父なる神、子なるイエス・キリスト、そして聖霊は三つの位格にして、一つの実体である」という論を否定した。彼らは聖書を数々のすぐれた書物の一つとしてその真価を認め、イエス・キリストを神の子ではなく、私たち（ガラテヤ三・二六）[1]の中でもっとも神に近い人間とみなし、我々に神聖な生活の仕方を模範的に示す究極の師としてあがめ、信じた。そして、個人の良心の自由と理性と寛容とに価値をおき、科学上の諸発見を尊重した。また社会改革運動や慈善運動にも熱心だった。

41

次に、エリザベス・ギャスケルの時代におけるユニテリアンに目を向けてみよう。この時代の社会思想は依然としてキリスト教正統派教義が主力を占めていたが、ユニテリアンにとっては正統派教義にある『贖罪』の教義は中でも受け入れがたいものだった。特に「アダムとイブの神への背信によって、人間は生まれながらして罪を背負っている。そしてその結果、堕落した人間のためにイエス・キリストは身を差しだし、磔となった」とする聖アウグスチヌス（St. Augustinus）の教義を強く否定した。ユニテリアンは、すべての子供は善になるも悪になるも自由であるという意志を持って生まれてくるが、善なる方向に神が導いてくださるとはいえ、善人になるのは私たちの心がけ次第であると考えていた。

イングランドのユニテリアンについては産業革命という時代背景が大いに関係しており、その点を考察してみると、ランカシャー（Lancashire）の中心的産業都市マンチェスターが一九世紀初期にはユニテリアンの本拠地であったのも頷ける。一七世紀末から一八世紀初期にかけての非国教徒は経済的に独立している階層、例えば職人や商人たちだったが、一八世紀末頃には知的職業の人や自営業の人の割合が増加し、中産階層にまで及んだ。マンチェスターではクロス・ストリート・チャペル（Cross Street Chapel）が礼拝の拠点であった。この教会に集まる専門職業人、貿易商人、製造業者などはユニテリアンの教義を信条とした上で、教養を身に付ける学問に力を注いだ。その理由として、第一に、財産を成した両親は尊敬に値する家柄と呼ばれるにふさわしい性格やたしなみを持った子弟を育て、世に送り出さなければならなかった。第二に、仕事などからくるストレスのはけ口に、ともすると快楽を求めるなど放蕩三昧に陥りがちなので、その防止のための高尚な趣味として学ぶことを位置づけた。そして第三の理由は、教養を身に付けるための学問は全知全能の神に対して賛美の念をもたらすものだった。ユニテリアンのこのような教育に対する考え方は、この時代を代表するこの派の牧師であり科学者であったジョセフ・プリーストリー（Joseph Priestley, 1733–1804）の教育方針に強く影響を受けている。プリーストリーの教育理念とは、実業家や職業人などの若い人たちに有用な知識を与えると共に精神的バックボーンとなるキリスト教信仰を教えることであった。このようなことから、マンチェスターの産業に携わる人たちは知識や学識を得ることで、人間性の向上を考えると同時に、功利主義の立場からみた有用性も強調した。そんな社会情勢にあって、マンチェスターのユニテリアンはすでに神学や古典、科学、英文学などを教えていた非国教会アカデミーを発展させて、マンチェスター・アカデミー（Manchester Academy）を設立し、子弟のための教育機関とした。マンチェスター・アカデミーは一時期ヨーク市に移るが、その時期、ギャスケル氏はこのアカデミーに参加していた。ギャスケル氏はマンチェスターに戻ると、マンチェスター・ニューカレッジの設立に関わった。

ユニテリアンは男女にかかわらず、すべての人は同じように可能性を持ち合わせているとの信念から、教育を受けることに男女の差はないと考えていた。エリザベス・ギャスケルはラム夫人やユニテリアンのターナー牧師から多くの知識を吸収し、生来備わっていたすぐれた感性を一層充実させていった。そして寄宿制の学校に行くことで、神学、政治学、文学などを学び、教養と学問を確実に身に付けた。文化教養の高いマンチェスターに住むギャスケルが当時としては時代の先端をいく思想に大いに興味を示し、女性の地位向上の考え方に共鳴したのは想像に難くない。夫、ウィリアム・ギャスケルはクロス・ストリート・チャペルに礼拝にやってくる人たちに奉仕しており、エリザベスも同じようにこのチャペルの日曜学校で教えていた。

牧師の妻という立場上、当時の実社会のさまざまな人間模様を目の当たりにしていたギャスケルは、貧苦にあえぐ労働者の苦しみや悲惨な生活を、また未婚の母となった少女のように社会の生み出した悲劇などを描き、社会問題として世間に訴え、苦悩する人たちに慈しむ愛を持って同情の目を向け、共に感じてほしいと願った。

第二節では、ギャスケルが、過ちを犯し、子供を身ごもってしまった若い娘にどのような生きる道を模索したか考えてみたい。

Ⅱ 『ルース』に描かれるエリザベス・ギャスケルの愛

『ルース』が書かれた一九世紀は、まだキリスト教の正統派教義に基づいた考え方が強く残っていた。男性は女性より秀でた性であると信じられ、社会の立派な一員であると位置づけられていたのに対して、女性の人生の目的は結婚であり、家庭こそが彼女たちの本来の領域と見なされていた。貞節な女性は決して自分の家庭から離れず、家族の望むことを最優先させることが尊敬に値するとされていた。このような「性の二重基準」(sexual double standard) が一般的な考え方だった時代にあって、ギャスケルは社会の表舞台に立つことのない弱者、特に守ってくれる家族もなく、また経済力のない女性に強い共感（sympathy）を寄せた。一八世紀のユニテリアンは教育に重点を置いてはいたが、プリーストリーの死後、プロテスタンティズム（Protestantism）の精神面を重視した信仰、思想の復活が次第にみられるようになった。この考え方を提唱した著名な哲学者ジェームズ・マーティノウ（James Martineau 1805–1900）はキリスト教神学を奨励し、唯一である神の元で広く多様性のあるプロテスタントの誠実さ（faith）を求め、イエスを人生の手本として模倣され、熱愛されるべき人間と捉えていた。そしてイエスはその人間性（humanity）の中に神格とみなすものを持ち合わせ、たくさんの欠点があるにもかかわらず神聖化され聖人になったとした。また、マーティノウは知的人生は物理学の金言や仮定を論理的で倫理的な観点から考えて、自然環境と類似した人間の不思議な現象を解説しようと哲学を学んだ。彼はマンチェスター・ニューカレッジに精神学、道徳倫理と政治経済学の教授として招かれたことから、ギャスケル家とは親しい友人関係にあった。ギャスケルはラム夫人やターナー牧師から受けた教育、そして夫、ウィリアムからの影響に加えてマーティノウの説く人間性の中にある誠実さに強く惹かれた。そのため、彼女の作品が実社会で起こったことに基づいてはいるものの、そこには彼女の宗教的、哲学的見解が展開されており、三編の小説――『メアリ・バートン』、『ルース』、『北と南』の中で女性問題に対する社会の既成概念に強く異議を申し立てている。『ルース』は堕落した女が子供を産み育てることで一人の人間として成長していく物語であり、救いを求め、苦しむ人を人間愛を持って助けることがテーマになっている。

『ルース』の主人公ルース・ヒルトン（Ruth Hilton）は農場を経営する父親と信仰心の厚いやさしい母親から十分な愛情を受けて育つのだが、一二歳の時に母親を、そして一五歳の時に父親を亡くした。孤児になったルースは後見人の世話で婦人服仕立て屋のメイスン夫人（Mrs. Mason）の店で見習いお針子となった。ギャスケルは慈善活動でニュー・ベイリー・プリズン（New Bailey Prison）を訪問した時に、ルースのモデルとなったパスリー（Pasly）に出合った。彼女は二歳でアイルランドの牧師だった父親に死なれ、母親にも見捨てられたため、孤児院に入れられ、その後、見習いお針子になった少女だった。罪を犯した女性を更生させる救貧院では読み書き、裁縫、床磨きなどを教えていたという社会情勢からみて、パスリーのような境遇や貧しい労働者の娘たちがお針子になるのはごく普通のことだった。お針子は、特に社交界シーズンには長時間にわたって過酷な労働条件で働かされたが、雇い主は彼女たちを援助する配慮に欠けていた。ギャスケルは処女作『メアリ・バートン』で労働者の社会問題をテーマにしたが、『ルース』においても、このような問題が世間から忘れられないようにと提起している。お針子になったパスリーは孤児院のホームドクターにかどわかされて転落の道を辿るのだが、ギャスケルは彼女がオーストラリアへ行って新たな道を踏み出せるよう尽力した。お針子の中には売春婦へと転落する娘も少なくなく、こうした現実をギャスケルは『ルース』の中で、

メイスン夫人は見習いお針子として自分に託された少女たちが、どんな誘惑を受けようとも気にしていなかった。彼女が母親のようなやさしい気遣いで少女たちの品格を守っていたら、それはキリスト教徒らしい立派な行為だったに違いない。（第4章）

と述べて、人としての思いやりを持ち、社会全体で若い人を育てていくことの必要性を求めている。

両親亡き後、見習いお針子として厳しく辛い日々を過ごしていたルースは、人を疑うことを知らない純真無垢な少女で、やさしく接してくる青年ヘンリー・ベリンガム（Henry Bellingham）に惹かれ、やがて恋心を抱くのだが、ギャスケルは、それはごく自然な感情であり、人間の性なのだとしている。

娘の恋心というものは男には分からないのだろうが、とても複雑怪奇なもので、娘が自分で気付く前に芽生えているのだ。（第3章）

この時代、若い女性は結婚前に男性と自由に交際することは許されず、親が許した人たちとだけしか知り合うことができなかった。また、一人で旅行などに行くこともできない世の中の風潮にあって、ルースのように見知らぬ青年と出会うことなどは皆無に近かった。ギャスケルはそんな社会の実情を憂いて、ルースにはベリンガムを引き合わせ、彼女に乙女の期待感を持たせた。

夕べは亡くなった母親の夢を見て泣いて目を覚ましたが、今はベリンガムの夢を見て微笑んでいた。（第2章）

楽しい夢を見るルースは

「いけないことは何もしていないのに罪の意識を感じるなんて、私、間違っているかしら」（第3章）

と言って、人間の持つ摩訶不思議な感情に戸惑いをみせた。ベリンガムと遠出を楽しんでいたルースはメイスン夫人に見つかり、店をやめさせられた。途方に暮れる彼女の気持ちを巧みに利用して誘惑した彼が逃避行先で病気になってしまい、彼の母親の知るところとなって、連れ戻されてしまう。残されたルースは絶望と失意の中にあって、死のうと走り出すが、その時追いかけてきた非国教会の牧師、サースタン・ベンスン（Thurstan Benson）の叫び声に足を止める。その声は彼女のやさしくて人を思いやる気持ちを呼び起こし、自殺を思いとどまらせる。極度の疲労から体調を崩したルースを看病するために、ベンスン氏は姉のフェイス（Miss Faith）の応援を求めた。二人が世話するうちにルースの妊娠が分かる。性の二重基準が当然のように受け入れられていた社会にあって、未婚の母となることは犯罪行為とされ、堕落した女として世間の厳しい非難に晒されて辛い人生を送るのが実情だった。妊娠を知ったルースは「ああ、神様に感謝します。これからは正しく生きます」（第11章）と喜ぶのだが、フェイスは「あの娘は子供ができたことを道徳的にどう考えているのかしら」（第11章）と憤慨するも、弟のベンスン氏から「僕は子供の誕生を喜んでいる」そして「過ちを犯したことと子供ができたことは別に考えなければいけないのだ」（第11章）と言われ、二人はしばらく考えてからルースを未亡人に仕立てることで、彼女と子供の生きていく道筋を立てた。男性と女性に異なった道徳の規範が必要だとは決して信じていなかったギャスケルは、ベンスン姉弟が嘘をつくことに迷いながらも、この哀れな娘とその子供を助けることが神の御心に添うと考えた。

僕たちは二人共正しいのだ。僕は子供が世の中に認められる方法を考えているし、姉さんは彼女を一緒に連れて帰ろうと思い付いたんだ。神が姉さんの計画を許してくださいますように。（第12章）

子供はどんな環境に生まれようとも、彼らは「平和をもたらす小さな天使」（第15章）なのだ。ルースは「生まれたばかりの純粋で無垢な命を用心深くやさしい心遣いで見守れば、どんな悪からも守れる」（第15章）と信じ、「神様にお仕えすること」（第15章）を心に刻んだ。子供を神のお導きによって善人へと育てるというユニテリアンの教義がここにも示されていると言えよう。芽生えた母性愛がルースに父親のいない分まで親としての自覚を促し、自立した女性へと成長させる。

ルース母子はベンスン家で一緒に住むことになり、彼女は町の有力者ブラッドショウ氏（Mr. Bradshaw）の子供たちの家庭教師の職を得る。女性が外で働くことに多くの攻撃があったが、善良な女性は無知のままではいられないと考えるギャスケルは、ルースにベンスン家で知的教養を身に付けさせた。知性ある女性にとって家庭教師は最適な職業であったが、賃金は低く、それで生活するのは苦しく、自立の道は困難を極めていた。それでも、堕落した女のルースにより知的な暮らし方を教えたことはギャスケルの愛に満ちた共感を表していることに他ならないだろう。隠していた過去が露見し、家庭教師の職を失ったルースは世間の辛辣な批判に苦しみ、息子にその影響が及ぶことに恐怖を感じるが、神の慈悲を信じる母子の絆は揺るぎないものだった。第二七章でベンスン氏がブラッドショウ氏に言った言葉にギャスケルの真意が見て取れる。

偽って未亡人を装ったことは救いの道が開かれる状況に彼女を置いてあげたいと切に望んだからです。私たちは皆、多かれ少なかれ罪を犯しています。人間だれしも罪を犯さない人はいません。ルースの罪は許されるべき些細な過ちなのです……若くてやさしい少女が人生というものをまだ分からないうちに、惑わされてしまったように見えましたし、実際、そうだったのです。ああ、神様、罪を犯した女が必ずしも皆、堕落しているわけではないという神の真実を信じていると申し上げたいのです。生きている時に哀れみや悲しみ、或いは後悔する気持ちを持っている人を見捨てた人たちに、最後の審判の日に神の真実が明らかにされるしょう。多くの見捨てられた人たちが徳を取り戻そうと熱望し、イエスがかつてマグダラのマリアに与えた静かで心やさしい助けを求めているのです。（第27章）

ブラッドショウ家から絶縁を告げられたルース母子とベンスン姉弟たちは静かに神への信仰を支えに日々を送っていた。

神のこの無限のご慈愛を教えてくださったのは私たちの主であるキリストなのです。そして、イエスがかつて足から血を流しながら歩いた困難な茨の道を、むごい死を、神への揺るぎない忠誠心を、考えてごらんなさい。（第27章）

このベンスン氏の言葉は、ギャスケルがマーティノウの唱えるところのキリスト教の人道主義の教義に大いに共鳴していることの表れだろう。

町で熱病が流行したので、ルースは看病に行くことにした。彼女の平等で親切な看病が評判になり、町の人から感謝された。

彼女のような人を大きな罪を犯した人とは言わないんだ。神の愛を受け祝福されたイエスの愛によって仕事をしているんだ。彼女は死んでいく人たちに神の祝福を与えてくれるんだ。（第33章）

貧しい下層階層の人たちにこのように言わせていることから見ても、ギャスケルが、世の中が白か黒、正しいか悪いか、と二つに分けて考えるのは独りよがりの自己満足に過ぎないとして懸念していたのも分かる。町の人たちの感謝の言葉を聞いた息子レナード（Leonard）が「その人は僕のお母さんです」（第33章）と嬉しくなって叫んだことは、自分の罪が息子に及ぼす影響を恐れていたルースにとっては大きな救いになったに違いない。病院での看護を終えて帰ってきたのも束の間、ルースはベリンガムが熱病に罹ったことを知り、彼の元へ駆けつける。医者に今でも彼が好きかと聞かれて、「分からないのです。もし彼が元気で幸せな生活を送っていたら、ここまで考えなかったのですが、病気である上に、独りでいる、そんな彼をどうして世話しないでいられるでしょうか」（第３４章）と答えるルースの思いは、息子の父親であって、かつて愛した人ではあるが、それに加えて苦しむ人を見放せないという人道に根ざしたおもいやりが複雑に交差したのではないか。ルースの看病のおかげでベリンガムは回復したが、彼女は熱病に襲われ、医者の手厚い治療の甲斐もなく死んでしまう。

突然、ルースが目を開けた。まるで幸福へと導いてくれる幻を見ているように何かをじっと見つめ、召される間際の美しくて歓喜に満ちた微笑みを浮かべていた――神様の光が近づいてきます。（第３５章）

「ルースがベリンガムの看護をするという運命的な決定はキリスト教の殉教の境地にまで彼女の自己犠牲を高めている」[2]としたパム・パーカー氏（Pam Parker）の言葉は人生には何か不思議な自然の力が作用していると示唆している。最後までルースは人間愛の溢れた共感の持ち主であったからこそ、神の御許へ行くことができたのだろう。堕落した女、未婚の母という汚名はルース自身の血の滲むような努力と深い信仰心からくる神の恩恵によって償われたに違いない。

ヴィクトリア時代は実社会においても、文学上でも、私生児は死を以て終わっていたが、レナードを生き残らせたことは、彼が母親の教えを守って成長していくことを暗示していよう。彼のような境遇の子供でも適切な環境を整えてあげれば、立派な社会人になることを予想させ、その必要を提示して、社会がこの問題を冷酷に扱う風潮にギャスケルは一石を投じている。倫理学の影響を受けたユニテリアンの神学は「自然の法則」（natural law）の至上性を支柱とし、自然の成り行きを丹念に観察することから真実が見えてくると考えた。これに賛同するギャスケルはベンスン姉弟の性格にその意向を表している。

ベンスン姉弟の生活が純粋で善良なのは、性格が良くてやさしいというだけではなく、自然の法則に従っているからだ。この法則に従えば、心の平和が保たれるように感じられた。（第13章）

そんな姉弟は妊娠した若い女性に同情を寄せ、未亡人と偽ってまでも彼女に救いの手を差し伸べる。これは人道主義を根底に持つユニテリアンのギャスケルが示した因習に囚われない当然の解決策であり、実際、パスリーをオーストラリアへ移住できるよう尽力した彼女だからこそ考えられた筋書きであろう。だが、善意からの行動とはいえ、「偽っていた」ことがルース母子に苦しみを与え、ベンスン氏もひどく心を痛めるのだが、ルースが歓喜に満ちた微笑みを浮かべて神の御許へ旅立ったことで、すべてのことが軽減されたに違いない。それは葬儀でベンスン氏がルースに向けた説教にヨハネ黙示録を読んだことでも伺える。

すると、彼は私に言った。彼らは大きな受難を通ってきた人たちであって、この衣を仔羊の血で洗い、それを白くしたのである。それだから、彼らは神の御座の前にあり、昼も夜もその聖所で神に仕えているのである。御座にいる方は彼らの上に幕屋を張って共に住まわれるだろう。彼らはもはや飢えることもなく渇くこともない。太陽も炎暑も彼らを侵すことはない。御座の正面にいます仔羊は彼らの牧者となって命の泉に導いてくださるだろう。また、神は彼らの目から涙をことごとく拭き取ってくださるだろう。(ヨハネ黙示録七・一四―一七)

ベンスン家に仕えるサリー(Sally)も重要な登場人物の一人である。彼女は国教徒であるが、宗教を越えてベンスン家の人たちの人柄に惹かれ、姉弟のために尽くしていた。彼らが身ごもったルースを牧師館に連れてきた時も、これから先の姉弟の苦労を思ってルースに辛く当たるが、次第に態度を軟化させ、やがて母子に温かい愛情を注ぐようになる。そこには異なる宗教観を持っていても、人は互いの人格、人間性を認め合うことが大切だと指摘するギャスケルの、神を敬うことに教義の条件を付けるべきではなく、個人の自由を尊重するという哲学的な見解が垣間見られる。ルースも国教会の牧師補の娘だった母親の影響を受けて信仰心の厚い国教徒であるが、奇しくも非国教会の牧師に助けられる。ここにもギャスケルの信条が貫かれていよう。

ルースを苦しめるベリンガムは地主階層(ジェントリー)の青年で、気位の高い母親に溺愛されたためにわがままで道徳心のない若者に育った。

人は歳を重ねるに従って、人格ができあがっていくものだ。とかく一人っ子は一貫性のない躾を

受けがちで、親の溺愛から無分別でわがままになったりする。（第3章）

と、ギャスケルは警告して、ルースにもフェイスを通して注意する。

決してこの子を溺愛してはいけません。そんなことをすれば神様はこの子を通してあなたを罰するでしょう。（第15章）

息子の不始末を金銭で解決するベリンガム母子にギャスケルは誠実であることを求めた。

あの人は私を見捨てた償いをお金で解決しようとしているのです。（第12章）

と言ってお金を返すようにとフェイスに頼むと、

あの人たちには施しをする資格などないわ。あなたにお金を受け取って貰うような価値ある人たちではないわね。さあ、これでベリンガム親子との縁は切れるわ。（第12章）

とフェイスに慰められる。このギャスケルの指摘は現代社会においても通じるものがあり、私たちも大いに学ばなければならない。後にダン（Donne）と名前を変えたベリンガムは再びルースの前に現れ、立派な女性に成長したルースに結婚を迫るが、彼女はきっぱりと断り、母子で生きる道を選ぶ。当時の社会では、堕落した女はその相手と結婚することが最良とされていた。だが、ギャスケルは女性にとって結婚だけが常に最良の選択肢であるとは思っておらず、教養を身に付けて自立の道を目指すのも、必要な選択肢の一つであると強調している。ルースが家庭教師となるブラッドショウ家の当主ブラッドショウ氏は勢力を伸ばした中産階層の代表的な人物として描かれている。何事にもお金が優先するという考えを持ち、すべて物事の判断を自分の尺度で下して自己満足する彼はギャスケルがもっとも嫌う人物である。そんな彼も自分の息子の悪業に義憤を感じながらも、事故に遭った息子が無事だったことを喜び、ここではじめて人の痛みを知る。人の気持ちは杓子定規の、ましてや自分勝手な感情では計れないものだ、とギャスケルは言っているのだろう。「ブラッドショウ氏やベリンガムを懲らしめる唯一の方法はルースを死なすことであり、そのことが彼女を神聖にすることにもなったのだが」[3]というパム・パーカー氏の見解は興味深い。ブラッドショウ氏の長女ジェマイマ（Jemima）は良家の子女でありながら、親には服従しなければならないこの時代に自分の考え、意見をしっかりと持っていて父親の理不尽なやり方に反発する一方で、不思議な恋心を経験し、恋仇が現れたことで嫉妬心を抱く。だが、ルースの過去を知るに至ると彼女に同情し、心から彼女を支えた。主人公をはじめ、登場人物がそれぞれに重荷を背負っているこの物語の中で、人間味のあるジェマイマの存在は読者をほっとさせる役目を担っているように感じられる。

ユニテリアンにとって聖書の言葉は大切である。それをギャスケルはヒルトン家の使用人だったトーマス老人（Old Thomas）の口を通しても表している。彼はかつての主の家を信仰を支えにひっそりと守っていた。

何故、おまえはそんなに苦しみ悩むのだ。ああ、我が魂よ、そして、何故、おまえは私の心の中にそんなに不安をもたらすのだ。ああ、神を信じよう。私を落ち着かせる手助けをしてくれる神に心から感謝します。私の神に。（詩篇・四二―五）

聖なる言葉はトーマスの魂の奥深くに真の安らぎを与えた。生家を訪れたルースと再会したが、一緒にいたベリンガムを見るやいなや、彼の本性を見抜き、ルースの将来を案じた。

愛する娘よ、吠えるライオンの如く貪り喰うものを求めて悪魔が歩き回っていることを覚えておきなさい。（ペテロ・第一の手紙　五―八）

と祈る。学問とは無縁の下層階層のトーマスが神を信じて正直に誠実に生きていることをギャスケルは共感を持って描いている。

ギャスケルは社会の弱者――貧しい人たちや立場の弱い女性――に深い愛情と強い共感を寄せていて、彼らの自立に心を砕いた。ユニテリアンは理性を重んじる宗教で、その信念は普遍的に博愛を持つことであり、宗教へのアプローチは理性ある態度を守り、神は自然の法則の範囲内で支配していると信じて行動する。そして、意見や信念が違っていても、どんな人も最後には真実に行き着くことができると考える。ギャスケルは理性ある博愛に満ちた宗教は低い社会倫理感を持つ超自然的宗教に勝り、真の博愛は個人を取り戻すための努力の中にあって、その結果、博愛は社会に役立ち感謝されるとしている。

「時代と環境が変わっても、人間性は同じに存続する。その信念とそれを実施する中に。同じ動機はいつも同じ行動を生む。同じ出来事は同じ原因から起こる」[4]というギャスケルの言葉は人間性、即ち人格というものは永久不変であり、普遍の真理であることを表していよう。物質主義の横行する社会に危機感を抱き、自然と摂理に従い、理性と慈愛を持って生きていくことの重要性を作品の中で問うている。そんな彼女は知性あふれるユニテリアンであると同時に、人道主義者であり哲学的な思考の持ち主であると思われる。そのため、彼女の作品の持つテーマには現代の私たちが自分の身の回りを顧みて、もう一度じっくりと考えてみなければならない問題点を多く提起していることに気付かされる。

使用テキスト

The World's Classics *Ruth*, Oxford University Press, 1986.

翻訳はエリザベス・ギャスケル著、阿部幸子・角田米子・宮園衣子・脇山清恵訳『ルース』（近代文芸社、二〇〇九年）を使用。

注

（1）八木谷涼子『知って役立つキリスト教大研究』新潮社、一七四頁。
（2）Pam Parker, "The Power of Giving: Elizabeth Gaskell's Ruth and Politics of Benevolence", The Gaskell Society Journal Vol.3, p.65.
（3）Parker, p.67.
（4）Rebecca Stylen, "Lois the Witch: Unitarian Tale", The Gaskell Society Journal Vol. 21, p.84.

参考文献

山脇百合子監修『ギャスケル文学にみる愛の諸相』北星堂、二〇〇二年。
鎌谷親善他『科学と国家と宗教』平凡社、一九九五年。
朝日千尺編『ギャスケル小説の旅』鳳書房、二〇〇二年。
メリン・ウィリアムズ著、鮎澤乗光・原公章・大平栄子訳『女性たちのイギリス小説』南雲堂、二〇〇五年。
Millard, Kay. *The Religion of Elizabeth Gaskell*. The Gaskell Society Journal Vol. 15, 2001.
Stylen, Rebecca. *Lois the Witch: Unitarian Tale*. The Gaskell Society Journal Vol. 21, 2007.
Wilson, Anita O. *Elizabeth Gaskell's Subversive Icon: motherhood and childhood in Ruth*. The Gaskell Society Journal Vol. 16, 2006.

"Thankyo, Miss. Bessy'll think a deal o' them flowers."

【あらすじ】

主人公マーガレット・ヘイルはイングランド南部の田舎町ヘルストンに住む牧師の娘である。彼女は長らくロンドンの叔母の家で育ったが、従妹の結婚を機にヘルストンへ帰る。しかし、突然父親のミスター・ヘイルが牧師の職を辞する。そのため、両親とともに北の産業都市のミルトンへ移住する。父親は古典語の個人教授をして家族を養うことになるが、その生徒となるのが、ミルトンの若き工場主ジョン・ソーントンである。南の田園生活しか知らないマーガレットは、今までに体験したことのない工場のストライキの場に遭遇したり、工場で働く労働者たちの苦難を知る。その中で、労働者の父娘のヒギンズと親しく交流を交わし、ミルトンの地を深く知るようになり、やがてこの地に愛着を覚えるまでとなる。

物語は、一九歳のマーガレットが、未知の街ミルトンで両親との死別、海軍での反乱の罪を着せられてスペインに逃亡していた兄との再会と別れ、またソーントンとの対立や邂逅など様々な経験を通じて人間的に成長する姿が語られる。

そして、父の恩師で名づけ親のベル氏が亡くなり、彼の遺産が譲られたマーガレットは、折しも不況で工場を閉鎖せざるをえなくなったソーントンに援助の手を差し伸べる。その後彼女はソーントンの求婚を受け入れ、結婚の約束を交わして物語の幕を閉じる。

人物相関図

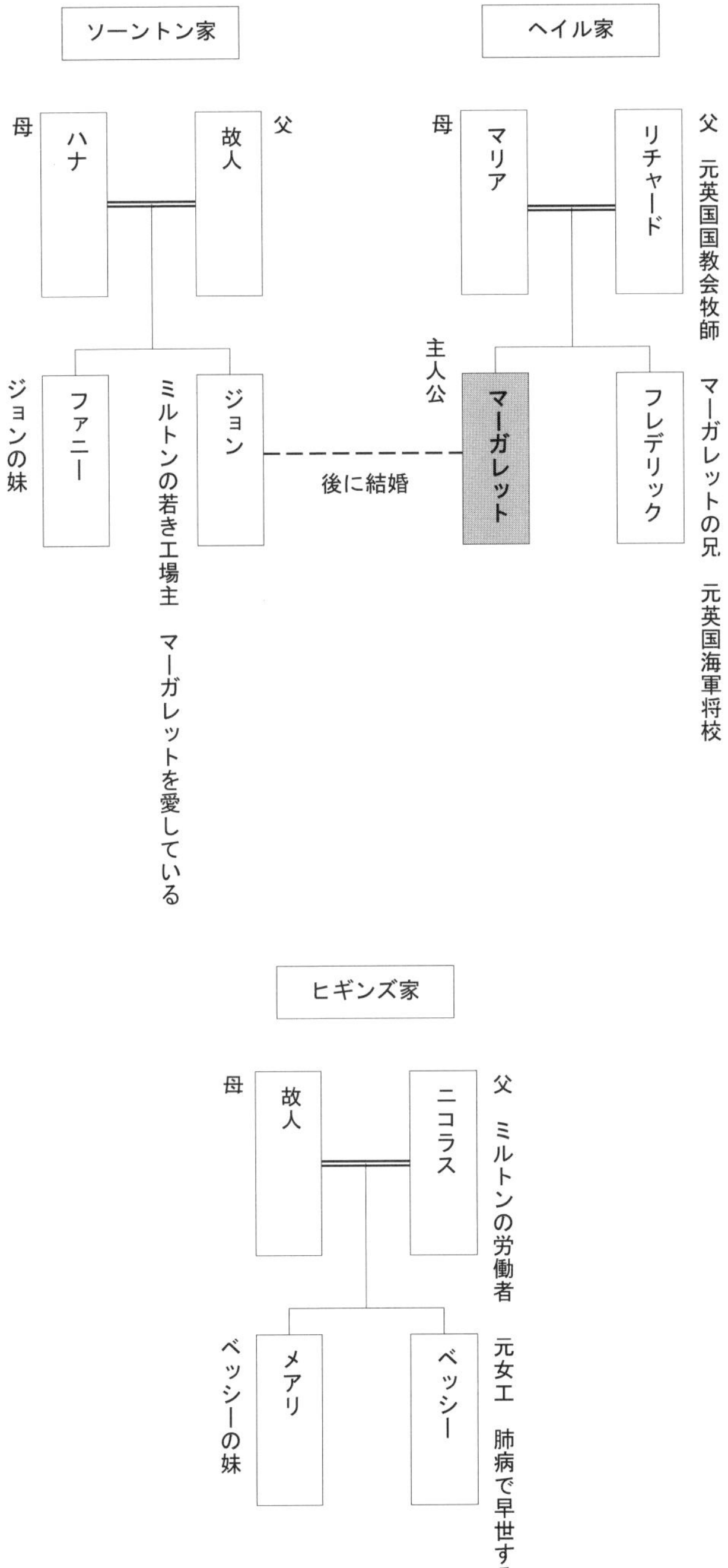
ソーントン家
母
ハナ
故人
父
ファニー
ジョンの妹
ジョン
ミルトンの若き工場主　マーガレットを愛している
ヘイル家
母
マリア
リチャード
父
元英国国教会牧師
主人公
マーガレット
フレデリック
マーガレットの兄　元英国海軍将校
後に結婚
ヒギンズ家
母
故人
ニコラス
父
ミルトンの労働者
メアリ
ベッシーの妹
ベッシー
元女工　肺病で早世する

『北と南』——労働者ヒギンズの役割

多比羅　眞理子

Ⅰ　はじめに

『北と南』（*North and South*）は一八五四年から五五年まで、チャールズ・ディケンズ（Charles Dickens）が主幹・発行した『ハウスホールド・ワーズ』誌（Household Words）に発表された長編小説である。

本作品は、ギャスケルのデビュー作『メアリ・バートン』（*Mary Barton*）と同じく、産業都市マンチェスター（本作品中ではミルトン（Milton）となっている）を舞台に、雇用者と労働者を描いた社会小説に分類されている。J・ユーグロー（Jenny Uglow）は、「産業が生む人間の疎外を描いたもっとも初期の小説である」[1]と述べF・ボナパルト（Felicia Bonaparte）は、「対立と融合、あるいは北と南、善と悪それぞれが互いの欠点を修正できることを示したかった」[2]と本作品のテーマをとらえている。

A・W・ウォード（A.W.Ward）は、「『北と南』は現代の優れた英国小説の一つである……人間の優しさ、真のユーモアが存在する対比への共鳴、燃えるような愛情、それらのものすべてがほかのものと一体となって小説の進行に貢献している」[3]とし、T・ブラデスキー（Tessa Brodetsky）は、『北と南』の面白さの大半は対比にあり、こうした対比が性格描写に効果的に使用されている」[4]とその特徴を述べている。ルイ・カザミアン（Louis Cazamian）も「ミセス・ギャスケルが、人の心を動かしえたのは、写実主義の地味な正しい魅力、人物描写の真実性、その個性化された人間味などに基づく」[5]として、本作品でのギャスケルの登場人物の人物描写を高く評価している。

このような批評の中で、J・G．シャープス（John Geoffrey Sharps）が「主人公マーガレット（Margaret）とミルトンの工場主ジョン・ソーントン（John Thornton）との間の反感、嫌悪が移行する過程がテーマの重要な部分の一つである」[6]と述べている。

以上のように、さまざまな読み方が示唆されるなかで、本論では本書の共通テーマである「孤独と共感」という視点にそって本作品を解読してみよう。

Ⅱ　作品発表の経緯

先に述べたように、『北と南』は、一八五四年九月二日から翌五五年一月二七日までの二二回にわたって毎週『ハウスホールド・ワード』誌に連載された。『メアリ・バートン』に感銘を受けたディケンズは、ギャスケルに一八五〇年に発行を開始した『ハウスホールド・ワーズ』誌に寄稿を依頼した。その結果『北と南』が連載されるまで、創刊号に「リジー・リー」('Lizzie Leigh')、続いて「ジョン・ミドルトンの心」('The Heart of John Middleton')、「乳母物語」('The Old Nurse's Story')などの短編、そして、現在なお多くの読者を惹きつけてやまない『クランフォード』(*Cranford*)が、『ハウスホールド・ワード』誌に掲載された。

『北と南』の連載に先立ち、一八五三年四月一三日ディケンズはギャスケルに「ルースやメアリ・バートンにいかなる制限も加えることはできません。彼女たちが訪れてくれるのは、まさに天使が訪れるようなものです」[7]と手紙を送り、『メアリ・バートン』、『ルース』と同じ社会派路線での小説の寄稿を依頼している。同年五月、ギャスケルは『クランフォード』の原稿を送った際、ディケンズの依頼を承諾し、『北と南』のアウトラインを送った。するとすぐさま五月三日、彼はギャスケルの新しい小説を歓迎するという返事を出している。[8]

しかし、従来の短編は二、三回の連載で終了していたが、[9]『北と南』は長編である。『ハウスホールド・ワーズ』誌は週刊誌のため、一回分の連載原稿の長さや一回ごとに読者をひきつけるような変化にとんだ物語の進行の必要性などの、編集上の制約や、物語の進行に関してディケンズの介入があったが、彼との軋轢にギャスケルは屈することなく物語を進めた。そして、連載終了後、一八五五年チャップマン・アンド・ホール(Chapman and Hall)社から様々な修正、加筆をしただけでなく新たな章(第48章)を加えて二巻本で出版した。

本作品の書名については、主要登場人物の名前をとったデビュー作『メアリ・バートン』のように『マーガレット・ヘイル』(Margareta Hale) をギャスケルは考えていた。しかし、ディケンズは「『北と南』の方が『マーガレット・ヘイル』よりよい名前だと思います。この方が多くのことを意味し、物語の中で、顔を突き合わせ、相対立する人たちを表わしています」[10]と述べてタイトルの変更を提案し、ギャスケルはディケンズに従った。当時ディケンズ自身も、労使の対立を中心とした長編社会小説『ハード・タイムズ』(*Hard Times*) を『ハウスホールド・ワーズ』誌に連載していた。

本作品は、『メアリ・バートン』と同じように北の産業都市マンチェスターを舞台に雇用者と労働者に焦点をあてている。『メアリ・バートン』では、労働者のジョン・バートンと娘のメアリを中心としたのに対し、今回は雇用者のジョン・ソートン (John Thornton) により多くの視点を移している点が同じ労使問題を扱った作品としては大きく異なる点である。

『メアリ・バートン』では、ギャスケルの関心は工業化によって社会的、経済的に苦境に立たされた労働者たち個人に与える影響や苦難を、読者の前に提示することにあった。彼女の意図が、『メアリ・バートン』の序に述べられていることからも明らかである。しかし、それはマンチェスターという工業、産業都市に居住し、教会の牧師夫人としての立場が、教区内の工場経営者たちに波紋を投げかけずにはおかなかった。そのためギャスケルは、労働者だけでなく雇用者にも視点を移し、雇用者と労働者の両者に平等に目を向けて社会を描くべきだという思いに至ったからである。その結果牧師を父に持つ娘のマーガレット・ヘイル (Margaret Hale)、ミルトンの工場主のジョン・ソートンや労働者のニコラス・ヒギンズ（Nicholas Higgins）たちを中心に本作品の『北と南』を書いたのだった。

III　ヘイル家の人々

『北と南』の登場人物、ヘイル家の人々はそれぞれが孤独の種を内に秘めている。

物語が始まると早々に、イングランド南部の絵のように美しく、自然豊かな田園地帯で長らく英国国教会の牧師だったマーガレットの父ミスター・ヘイル（Hale）は、信仰上の疑念を払しょくしきれず、良心に従ってその職を辞する決意を固めたとマーガレットに伝える。[11] 聖職を辞職することは何十年にもわたってヘルストン（Helston）の教区の人々から受容され、模範牧師と称されてきた（第2章）帰属社会からの離脱・決別を意味する。後に、移り住んだ北のミルトンで、ソーントンの母親がミスター・ヘイルを指して「背教の牧師」（第9章）と評したように、彼の決断は世間の人々から容易に受け入れられることではない。実際に、父親の気持ちを聞いたマーガレットは呆然とし、妻のミセス・ヘイルは「もし、お父様が聖職から離れられたら、私たちはどこの社会にも入ることが認められないわ、なんと不名誉なことでしょう」と嘆く（第5章）。彼は家族を養うため、オックスフォード時代のチューター《特別指導教官》で、マーガレットの名付け親、さらに両親の亡きあと彼女の後見人となるミスター・ベル（Mr. Bell）の紹介で個人教授をするという。ミルトンへの移住の理由を尋ねる娘に「ミルトンには私を知っている人は一人としていないし、ヘルストンのことも知らない。あるいは、誰も私にヘルストンについて語ることもないからだ」と答える（第4章）。

彼の発言には、己の過去の世界を断ち切ろうとする意志がうかがえる。しかし、過去を断ち切ることは新たな世界への出発ではあるが、同時にそれは孤独な世界の幕開けを意味する。しかも、彼は勇敢にその道を歩みだしたのではなかった。まずこの決定を妻に自ら告げるのではなく、娘のマーガレットに託す。それは聖職を辞するという決定に落胆する妻を目の当たりにすることができないという彼の中の気弱さを見せつけるものとなった。実際、マーガレットが妻に話した晩に帰宅したヘイルは「顔は青ざめ、目にはおどおどした恐怖の色を浮かべ、哀れさを漂わせ」（第5章）、自信を喪失した弱々しい老人のような姿だった。

ヘイルの辞職は聖職の離脱だけでなく、家父長制を基盤とする英国上流、中流階級家庭の秩序、規範からヘイル家が離脱することであり、家長としての役割の放棄をも意味する。実際、以後の彼は、家長としての責や決定権をあらゆる場面においてマーガレットに委ねる。ヘイルの辞職は南の地から北への移動という地理的な変化だけでなく、家長権という実権が父から娘への委譲までも意味するものとなった。

ミセス・ヘイルにとっても夫の決断はヘルストンでの生活以上に淋しい生活が強要されるものになった。彼女は南のラトランドシャー（Ruthandshire）のオグゼンハム（Oxenhama）の州長官ジョン・プレスフォード卿（Sir John Bresford）の長女として何不自由ない娘時代を送った。現在ヘイル家で仕えるディクソン（Mrs. Dixon）は夫人がブレスフォード嬢と呼ばれていた頃からの夫人付きの召使である。結婚後も、夫人は誰よりもディクソンを信頼している。当時の上流階級の娘たちは、年齢は離れていようとも財産を有した男性と結婚し、安定した結婚生活を送るのが一般的であった。しかし彼女は親の反対にもかかわらず、階級差のある牧師との結婚を決めたのは、何よりも愛で結ばれる結婚に憧れたからに他ならなかった。そして、ヘルストンは田舎ではあったが、国教会の牧師と言えば、上流階級に近いジェントルマンと見なされていたのだ。しかし、学究肌のヘイルに対して、物事を深く考えない世俗的な夫人の結婚生活がいつまでも蜜月であるはずはなく、彼女はその生活に充足しきれなくなる。望むものは常に夫の昇進と華やかな人々との交際であって、ヘイルやマーガレットにとって何にも代えがたいほど愛おしいヘルストンの地も、彼女には「イングランドの最も辺鄙で、不健康な田舎」にすぎなかった。一人娘のマーガレットをロンドンのハーレー通りに住む妹に託し、上流階級の娘と同じ生活を送らせるのも、夫人がヘルストンでの生活に満足していないことの表れである。したがって、夫人には夫が聖職を辞そうとする本当の理由を理解することはできない。彼女の自尊心をわずかに慰めていた聖職禄つきの牧師という名誉ある社会的地位を夫が捨てることにいらだちと不安を隠さない。

家族とともにミルトンに移住した後、病を得たことが大きな要因であるが、彼女が死を迎えるまで、街中を歩き、ミルトンの人々と交わる場面は唯一、ソーントンの母親が夫人を二度訪ねたのを除いて一度も登場しない。これは、かつては牧師夫人として日々を送った夫人がいかにミルトンの社会や生活に融和することなく地域から孤絶していたかを象徴するものである。そしてそのまま彼女はその命をミルトンで終える。

物語の冒頭でマーガレットは一九歳である。ロンドンのハーレー通りで今は未亡人となった母の妹のショウ夫人（Mrs. Show）の家で、叔母、そして従妹のイーディス（Edith）と多くの使用人に囲まれて何不自由のない社交に明け暮れる日々を送っている。しかし九歳で叔母のもとに父親に連れて行かれた最初の晩、ヘルストンや両親から離れたさびしさのあまり泣き出す。しかし、イーディスの乳母から、彼女を起こさないようにと厳しく叱責され、寝具で顔を覆って涙する。これは、叔母の家でのマーガレットの存在は、あくまでも居候にすぎず、ショウ家の中心人物ではないことが明らかにされる。

幼い時から両親のもとから離れて生活したマーガレットは、独立心のある、強く、何よりも率直に発言する女性へと成長していった。それを表わす一例が、イーディスの結婚相手のレノックス大尉（Lieut. Lenox）の弟、弁護士のヘンリー（Henry）に求婚された時である。マーガレットは、階級も年齢の上でも願ってない良縁にもかかわらず彼との価値観の相違を理由に即座に拒絶した（第3章）。

マーガレットの自己主張の強さは、一八四九年に発表され、『北と南』と同じ北の産業都市を舞台として、雇用者と労働者間の軋轢、そして、ストライキ、また、主人公たちの愛と結婚を描いたシャーロット・ブロンテ（Charlotte Brontë）の『シャーリー』（*Shirley*, 1849）の主人公シャーリーに共通するものがある。ギャスケルは、当時既に文壇で確固とした地位を築いていたブロンテと『シャーリー』が出版された翌年の一八五〇年に知り合い、互いに信頼を寄せる友人となっていたので、『北と南』の創作中『シャーリー』の存在はギャスケルの意識下にあったのではないだろうか。実際に、両作品には主人公が同年齢の娘であること、英国国教の牧師の世界を描いていること、さらには、労働者が暴徒となって工場に押し寄せる場面と続くストライキ、最後には、主人公が自己の愛を貫いた結婚を選択して物語を終えることなど、多くの共通項がみられる。

加えて、本作品が執筆されたのは一八五四年である。この時期ギャスケルはフランスに住むメアリ・クラーク（Mary Clark）の紹介で、のちに「クリミアの天使」として世界中に名をはせたフローレンス・ナイチンゲール（Florence Nightingale, 1820–1910）とナイチンゲールの両親や姉と親しくなる。当時マンチェスターの家では妻、母、さらには牧師夫人としての日々の生活が『北と南』の執筆の妨げとなりギャスケルは苦しんでいた。その様子を知ったナイチンゲールの両親は家族が所有する夏の館リー・ハースト（Lea Hurst）での執筆をギャスケルに申し出た。そして、本作品の大部分はこの館で執筆された経緯がある。ギャスケルはリー・ハーストで数日ナイチンゲールと共に過ごし、教育、看護についての意見を交換した。しかし、折しもクリミア戦争が勃発し、あわただしくリー・ハーストから出発し、クリミアに向かうナイチンゲールの様子に、ギャスケルはナイチンゲールの強靭な精神、さまざまな抵抗や従来の価値観をものともせずに目的に向かって突き進む強い行動力を目の当たりにする。この経験が執筆中のマーガレットに投影され、自己主張することをひるまない強い女性に描くこととなったとしても不思議ではない。[12]

マーガレットはイーディスの結婚を機に、ヘルストンの両親の家に帰ったが、母親のミセス・ヘイルは、先に述べたようにディクソンを誰よりも信頼している。また、海軍の将校だったが、部下を守ろうとして上官の暴政に異を唱えたことが反乱とされて、訴追を受けたためスペインに逃亡中の眉目秀麗な息子のフレデリックを盲愛している。そのため、マーガレットは現在に至っても母親の優しさの中にも娘として本心で打ち解けられない隔たりを抱いている。ミセス・ヘイルのように娘より息子を信頼し、溺愛する母親と息子の関係は、『荒野の家』（*The Moorland Cottage*, 1850）や、『ルース』のベリンガム母子にも描かれている。本作品でも、ジョン・ソーントンと母親との関係もそれに近いものといえる。これは、ギャスケル自身が三人の娘の後に授かった待望の男児を失うという経験が、息子へ格別な愛情を注ぐ母親を登場させることになったといえよう。

ミルトンに移住してから、母親が重篤な病にあると聞いたフレデリックは、絞首刑の危険を顧みず帰国する。マーガレットは

「ねえ、フレデリック。お母様は私を愛してきているのよ！　そして、私もお母様が分かってきたわ」と語るが（第３０章）、このマーガレットの言葉には幼いころから母親と離れた生活を送り、長年母親との間の溝に苦しんでいたマーガレットの寂しさと苦しみが窺える。

こうしてヘイル氏の一行はそれぞれが孤独と不安を胸に秘めてミルトンへ向かった。

「ミルトンにつく数マイル前から、町のある方向の地平線に濃い鉛色をした雲がかかっているのが見えた。それは、冬の空の薄く灰色がかった青い空と比べてみると非常に暗い色をしていた。ヘルストンでは、すでに早い霜が降りていた。町に近づくにつれて、煙のかすかな味と臭いがしてきた。それは何かはっきりした味や臭いがあるというより、草や牧草の香りがまったくしないせいだったからだろう」（第7章）

このギャスケルの描写は、南の田園地帯と北の産業都市を対比して描写された優れた情景描写として高く評価される個所であるが、同時に今までの静謐で自然豊かな生活と全く異にするミルトンでのヘイル家の生活が暗く、雲のように大きな不安が彼らの頭上に覆いかぶさっていることを象徴するものである。

Ⅳ ソーントン

新天地ミルトンで唯一彼らが頼りとするのは、ミスター・ヘイルから古典語を学ぶこととなっている若き工場主のジョン・ソートンだった。彼はミスター・ベル（Mr. Bell）の借地人で、産業都市ミルトンをこよなく愛している。父親が一六年前、多額の投資に失敗して自殺を遂げたため、彼は母と妹と小さな田舎町に移り、反物商として辛酸をなめながら暮らし、再びミルトンに戻ると、工場を起こし、現在はこの地の治安判事も兼任するほど若くして成功した工場主である。彼こそ、北の産業都市ミルトンで労働することを第一とし、実学を重んじ、勤勉、節約、努力、忍耐を尊ぶまさに新興中産階級の代表的なセルフ・ヘルプ（self-help）を体現した人だった。

ミルトンに戻ってから父親の債権者一人一人に謝罪して回ったことにも、ソーントンが責任感の強い人間であることが示されている。そして、母親のミセス・ソーントンは苦労の末成功した息子の財力に安住することはない。常に、苦しかった日々を忘れず、また、当時の多くの成功した工場主たちが、上流階級の人々をまねて工場から離れた郊外に豪華な居を構えるのに対して、彼女は現在の成功の源である工場に隣接して住まいを構え、息子を誇りとしながら、質素で堅実な生活を送っている。ソートンは余裕が生まれた今、金銭的なことだけに価値基準を置くミルトンにあって、ミセス・ソーントンの表現によると「田舎や大学でぶらぶら暮らしている人たちには役に立つ」（第15章）古典語を学ぶ。シャープスがソーントンの人物像を「生来正直な人間で、彼の人生のあらゆる面でそれが明らかになっている」[13]と分析するように、ヘイル家の人たちがミルトンに落ち着くように、またミセス・ヘイルが死に至る病に伏した時などは、医者の紹介や、夫人の痛みを軽減するためのウォーターベッドの手配、さらにはミルトンでは珍しい果物や花を見舞うなど、さまざまな形で助力を惜しまない誠実な人物として描かれている。

そのソーントンは初対面からマーガレットの率直な物言い、南部の上流階級風の距離感のある態度に「高慢さ」と「不愉快さ」を感じるが、同時に彼女の洗練された物腰、優雅さに強く心惹かれる。

一方マーガレットは、ヘルストンにいたころから、商売を生業としている人々を「商売人（shoppy people）」と言って嫌悪感をあからさまにするのをはばからないほどの偏見を抱いていたため、ソーントンがかつては商売人だったこと、加えてミルトンを礼賛するあまり、南の地を非難する姿勢に怒りを感じる（第11章）。この両者の関係は所属する階級こそ異なるがジェイン・オースティン（Jane Austen）の『高慢と偏見』（*Pride and Prejudice*, 1813）におけるダーシーとエリザベスとの関係に非常に類似している。[14]

また、兄のフレデリックの訪英を知ったかつての同じ船の乗組員レナーズ（Leonards）がフレデリックを追跡する。それを知ってロンドンへ密かに向かおうとしたフレデリックとレナーズは駅でいさかいを起こし、レナーズは線路に落ちて命を落とす。兄を見送りに来たマーガレットはその場に居合わせ、兄が殺人を犯したのではないかと不安におののき、兄の帰国を知られないように、警察の尋問に対して嘘をつく。また、兄といたことはソーントンに目撃されていた。ソーントンはフレデリックをマーガレットの恋人と誤解する。後にその誤解は解かれるが、治安判事としてのソーントンの助力で、レナーズは酔って線路に落ちた衝撃で亡くなったとの事件処理がなされ、フレデリックの殺人容疑の嫌疑は晴れる。兄を逃すために警察に嘘をいったマーガレットは、長い間良心の呵責にさいなまれる。しかし、ソーントンの対応ぶりに彼女はソーントンの真の優しさ、愛情に触れ、彼への今までの高慢な態度を反省し感謝の気持ちを抱くようになる。

マーガレットの献身的な看病のかいもなくミセス・ヘイルは亡くなる。母の死を見送った兄のフレデリックは再び逃亡の地のスペインに戻り、その地の女性と結婚、彼女の父親とともに商売を商いとして永住する。さらには母の病死に責任を感じて力を落とす父親は、ミスター・ベルをオックスフォードに訪ねた折、心臓まひで急逝する。続いて、マーガレットの後見人のミスター・ベルも亡くなる。こうしてマーガレットは天涯孤独の身となった。

V　ヒギンズ父娘

ミルトンに移住したばかりの不安に満ちたマーガレットの意識変化への重要な役割を果たすのが労働者ニコラス・ヒギンズとその娘のベッシー（Bessy）であった。

ニコラス・ヒギンズは紡績工場で働き、労働組合の幹部でもある。ヘイル家の人々がミルトンに移住して間もなく、マーガレットが一人、下働きの召使を探してミルトンの町にでる。従来のマーガレットの階級や生活では、付き添いなしに一人で町中に出ることは全く想像もつかなかったことだけに、マーガレットのこの行為は、今までの生活様式から一転して厳しい生活を送らざるを得ない現実を如実に示している。

このとき、マーガレットはヒギンズと娘のベッシーと知り合う。

ベッシーは紡績工場で吸った浮遊綿毛が原因で肺病にかかっている。回復は見込まれず、死を待つだけのベッシーは聖書が語る来世の世界だけをよりどころとしている。ヒギンズ父娘がマーガレットと初めて会ったとき、ヒギンズはマーガレットが南のハンプシャーのヘルストンから来た事を聞いて次のように言う。

「それはロンドンの向こう側ですな。わたしは北から四〇マイル離れたバーンリィ方面から来たんですよ。それじゃあ、北と南がこの大きな、黒煙だらけの場所で会って、友だちになったんだ」（第8章）

この彼の言葉には、それも労働者のヒギンズが言った言葉に、本作品に流れる重要なテーマが含まれていることが暗示されている。

この会話がきっかけでマーガレットはミルトンに来て町で偶然出会ったこの父娘に人間的興味が惹かれ、そして、彼女にとってはあらゆる点で未知の煤煙で覆われた暗い町が「初めて明るい場所へとなっていく。やがてベッシーを見舞うようになったマーガレットは、彼女に初めて自分の心の内を打ち明けるようになる。


「あなたは私に善《よ》いことをしたのよ、ベッシー」

「あたしがあんたに善《よ》いことをしただって!」

「ええ、私は悲しい気持ちでここへ来たのよ、そして、どちらかというと悲しい気持ちになっているのは世界中で私だけだって思っていたわ。でも、今、あなたが何年も耐えてきたことを聞いて、私を強くしてくれたのよ」

「それは、それは! わたし、善《よ》い行いって、身分の高い人たちのものだとばっかり思っていた。もし、そんなことをしたんだったら、とってもうれしい」

「そうしたいと思ってあなたはしているのではないでしょう。でも、しようと思ったら、その時は戸惑ってしまうでしょうよ。そう思うと気が楽でしょう」

「あんたは今まで会ってきた人とは全く違うね……」(第17章)

同年齢ではあるが、階級も価値観も、今まで生きてきたその世界もまったく異なる二人の娘は互いに本音で語り合う。それは、厳しい現実生活と、目の前に迫る死の影から逃れられない苦しみに喘ぐベッシーが、未知の土地に来たばかりのマーガレットの心奥に潜む不安と孤独を感じ取ったからである。他方、マーガレットもベッシーの死への恐怖や苦しみを感じ、彼女を心から案じ、その気持ちがベッシーに伝わったからだ。マーガレットの言葉にあるように、彼女は自分一人が苦しみや孤独を感じているのではないことを実感する。それは、原因こそ異なるが、二人の心が不安と孤独を共有としているからこそ、身分、階級を超えて同じ人間として互いに心を重ねあい、共鳴し共感できたからこそなしえたことである。まさにヒギンズが言ったように、北のベッシーと南のマーガレットの心がミルトンの地で真に融合したからだった。

マーガレットはミルトンの労働者の娘のベッシーによって、そしてミルトンの地で従来の階級意識や職業の枠組みを超えて人を正しく理解しようとする改革がなされてゆく。それを示すのが次のミセス・ヘイルとの会話である。マーガレットは母親との会話で、無意識に労働者の言葉を使う。

「……マーガレット、お願いだから『仕事にあぶれた』だなんて恐ろしいミルトンの言葉を使うことに慣れないで。それは、田舎訛りですよ。あなたが方言で返事をするのをショウ叔母さまが聞かれたら、なんと言われるかしら」

とたしなめる母親にマーガレットは答える。

「工場の街に住んだなら、必要な時には工場の言葉を話さなければならないのよ」(第29章)

マーガレットの意識変化をさらに決定的にしたのが父親のニコラス・ヒギンズである。彼女は彼を通して、ミルトンの労働者たちが置かれた苦境を理解する。中でも、ヒギンズや彼の友人の労働者バウチャー(Boucher)からは、労働者たちは自分たちの苦しみを一人で抱えるのではなく、仲間と共有しあう強い仲間意識の存在を教えられる。そのバウチャーは、ソーントンの工場のストライキを首謀するが失敗する。その失敗の責を問われ、最後は病弱な妻と三人の子供を残して入水自殺する。ヒギンズは、ベッシーの亡きあと、母親をも亡くしたバウチャーの子供たちを引き取り面倒を見る。彼の行為は、自分がバウチャーを組合運動に引き入れた責任感からだけでなく、同じ人間として、彼の苦しみに心を重ねたからである。彼の行為にマーガレットは、ヘルストンやロンドンにいたときには気づかなかった人として仲間への気遣うことの大切さ、共感する心の優しさを、さらには、人は一人では生きていけないという現実を含めて知るのだった。

ヒギンズはバウチャーの子供たちを育てるため、少しでも賃金を多く得るために南に行くことを思い立ち、マーガレットに打ち明ける。しかし、マーガレットは即座に反対する。その理由は、北のヒギンズたちには当然の労働者間の友情や思いやりの気持ちを持つことは南では、難しく、孤立した生活になるということであった。(第32章)。この言葉には、マーガレットが不安な気持ちでミルトンに移住し、父親や、母親に頼ることもできずに自らの力で生活を切り開き、支えなければならなかったなかで、ヒギンズやベッシーの思いやりの心が不安や孤独をいかに和らげてくれたかという強い思いが込められていたのだ。

Ⅵ　ソーントンとヒギンズ

ストライキが頻発し失職したヒギンズがソーントンの工場に求職に訪れた時、ソーントンはヒギンズが組合の指導者の一人だったが、ミスター・ヘイルの紹介ということで雇う。それはヒギンズと言葉を交わすうちに、互いに立場こそ労使という対極にありながらも真実を語り合え、共感できることを感じ取ったからだった（第39章）。そののち、二人はさまざまなことを本音で語り合える友情に似た感情をもつようになっていく。ヒギンズがバウチャーの子供を養育していることがきっかけとなり、ソーントンは労働者たちへの食堂建設を始める。彼の行為は、当時の上流社会の人々、あるいは恵まれた人々が社会の底辺で困窮する人たちに「施し」を行うように、経済的に優位な工場主が貧しい労働者たちに与える上下構造の類のものではない。ソーントンが行ったのは労働者たちに食堂や、食材、料理人などを提供し、労働者は燃料費と調理場の賃料を支払うという対等な関係である（第42章）。そしてソーントンはヒギンズを通して雇用者と労働者は同じ仕事で生計を立てる同志であることに気づき始める。「自分の望みは金銭関係を超えた雇い人との付き合い」であり、「互いにもっとよく理解しなければならないのです。思い切って言うのなら、私たちはもっと互いに好きになるべきです」（第51章）とさえ語るようになる。

ここには、かつて、労働者の困窮は彼ら自身の怠惰の結果だとして労働者の賃上げ要求には容易に応じない、という強い姿勢と貫きとおそうとし、賃上げを要求する労働者に代って、労働技術は未熟ながら、低賃金のアイルランド人を大量に雇い入れ、そのことが原因で労働者たちの怒りをかい、暴動やストライキを起こす原因と作ったソーントンの姿は見られない。あるのは、労働者たちと、仲間意識で結ばれようとする雇用者の姿である。

しかし、工場機械への多大な投資、そして不景気による市場の暴落が加わり、ソーントンは工場を閉鎖せざるをえなくなる。その時ヒギンズは仲間とともに、工場を再開した折には、自分たち労働者を雇用してほしいという嘆願書を提出するほど、雇用者ソートンを信頼するまでとなった。これこそ、ソートンが理想とした生産という同じ目的のために生きる雇用者と労働者の姿である。

労働者ヒギンズは、南からやってきたマーガレットだけでなく、自分たち労働者とは対極にある雇用者のソートンまでも大きく変化させる存在となった。

Ⅶ　おわりに

『北と南』も『メアリ・バートン』と同じく産業都市マンチェスターを舞台に雇用者と労働者との様々な軋轢を描いた。しかし、『メアリ・バートン』は一八四〇年代のアイルランドのジャガイモの大飢饉を発端として起きた社会不安と、産業革命の機械化に伴って排除され、社会的弱者へと追いやられた労働者が送った厳しく悲惨な生活を背景にしている。当時の政治家で、小説家のベンジャミン・ディズレリー（Benjamin Disraeli）が上流・中流階級の人々と労働者階級の人々を「富む者と貧しい者の交流も共感もない二つの国家」と言い表したように、その時代は雇用者と労働者が対立と敵意の関係に立っていたのだった。一八四二年のマンチェスターの労働者たちの平均寿命が一七歳という驚くべき数字が、労働者たちの生活がどれほど過酷なものだったかを示している。[15] マンチェスターに住むギャスケルは『メアリ・バートン』で自分の周りにいる多くの労働者の共感者として彼らの苦難をあるがままに書き表した。

時代がわずか後の一八五〇年代になると、選挙権の拡大や救貧法の成立などにより、『メアリ・バートン』の時代より労働者階級の生活は徐々に向上しつつあった。それを示すように五〇年代に書かれたギャスケルの短編小説「ベッシーの家庭の悩み」（Bessy's Troubles at Home, 1850）、「ジョン・ミドルトンの心」には『メアリ・バートン』に比べると規則正しく、落ち着いた労動者の生活ぶりが書かれている。だが、『北と南』では、物語の始めでは、雇用者はあくまでも支配者階級であり、労働者は支配される存在として登場する。これは対立している雇用者と労働者の変化が一朝一夕に訪れることはないということを、ギャスケルはマンチャスターに居住するからこそ十分に理解していたからであろう。しかし、現実に対立し、敵対する関係であった雇用者と労働者が少しづつ歩みよる変化をソーントンとヒギンズを通して読者の前に提示した。その変化に一番求められる要素として、労使が、雇用者と労働者が対等な人間として対峙し、ともに同じ生産に向かって進むことだった。ソーントンはこうした意識をヒギンズを通して得たのだった。

『北と南』では雇用者側に視点を置いたといわれるが、『メアリ・バートン』同様に、ギャスケルの主な視線はあくまでも労働者に据えられたといってよい。本作品に登場する労働者ヒギンズは、雇用者の圧政に苦しむだけの弱い立場に追いやられた存在ではなく、自らの言葉で語り、その力で人を、対極にある雇用者をも変化させ、歩み寄らせる強い存在であった。ギャスケルはこうした強い労働者を本作品で登場させたのだ。それは、『メアリ・バートン』での職工ジョブ・リー（Job Legh）が工場主のカーソン（Carson）を自らの言葉で説得したのと同じであったと言える。

産業社会においては共通の目的の利潤を生み出すために、労使が対等に進むことは資本主義社会の成熟した姿である。そうした社会になるためには、労使が対等な人間としてあることが必要であるということをギャスケルは労働者ヒギンズを通して読者の前に提示し、そのためには「慈愛と思いやりの心（charity and sympathy）」（第50章）が必要であり、互いに人の心を持つべきであるとギャスケルは明言する。

資本主義の制度が定着し、その制度のもとに社会が運営される現代から遡ること一五〇年も前、農耕社会から産業、工業を中心とする資本主義の社会へと第一歩を踏み出したばかりの社会に生きたギャスケルが、すでに資本主義社会の問題点とその解決手段を見通す卓越した眼を持っていたのだ。彼女のこうした先見の明は驚嘆に値し、かつ、現代の読者が本作品を読むに値する点である。

すべてが落ち着き、マーガレットはかつて住んでいたヘルストンを訪ねる。しかし、かつては何にも代えがたい故郷のヘルストンはすっかり変化を遂げていた。その後、ロンドンに行き叔母たちと再び住み始めたマーガレットだが、彼女のいる場所はない。そのような彼女に思い出されるのは、ミルトンであり、ミルトンの優しい人々だった。そして自分の居場所は南のヘルストンでも、ロンドンでもなく、北のミルトンであり、ミルトンに住む人々の中にあると思いいたる。このときマーガレットは真に北のミルトンの地に融合したのである。

「共感(sympathy)」を持って生きることはソーントンとヒギンズのように、雇用者と労働者という対立し、対極にいる人たちを歩み寄らせ、また、マーガレットとソーントンのようにそれぞれが偏見と誤解を抱いた人間の心を解き放ち、新たな出発をさせる。そこには争いは見られず平和な社会が存在するのだ。こうした社会を、ギャスケルは『北と南』の中に描き出したといえよう。

使用テキスト

Elizabeth Gaskell, *North and South*, Penguin Classics, 1970.

本文中の引用章はこの版による。なお本文中の邦訳は拙訳であることをお断りしておく。

注

(1) ジェニー・ユーグロー著、宮崎孝一訳『エリザベス・ギャスケル─その創作の秘密』鳳書房、二〇〇七年、五二二頁。

(2) Felicia Bonaparte, *The Gypsy-Bachelor of Manchester: The Life of Mrs Gaskell's Demon* (Charlottesville and

Virginia: University Press of Virginia, 1992), p.84.

(3) A.W.Ward, *Introduction to North and South, The Works of Mrs Gaskell.* Vol.4 (New York: AMS Press, 1972), p.xvi.

(4) Tessa Bradetsly, *Elizabeth Gaskell* (Leamington Spa: Berg), p.64.

(5) ルイ・カザミアン著、石田憲次・臼田昭共訳『イギリスの社会小説　1830–1850』研究社、一九五八年、二九六頁。

(6) John Geoffrey Sharps *Mrs Gaskell's Observation and Invention–A Study of Her Non-Biographic Works* (Frontwell, Sussex: Linden, 1970), p.207.

(7) Graham Storey, Kathleen Tillotson, Angus Easson ed., *The Letters of Charles Dickens*, Vol.7, 1853-1855 (Oxford University Press, 1993), p.62.

(8) Letters of C. Dickens, p.76.

(9)『クランフォード』もギャスケルとしては短編のように考えていたが、好評の結果二年間にわたって不定期に掲載された。

(10) Letters of C. Dickens, p.37.

(11) 作品中ではただ religious debt とのみ語られるだけで、その理由は明確に述べられていない。しかし、ギャスケル自身の父親もかつては宗派こそ異なるが、ユニテリアンの牧師職を辞している。この場合もヘイル同様にその理由は明確にされていない。

(12) ギャスケルとナイチンゲールとの関係については拙書『ギャスケルのまなざし』(鳳書房、二〇〇四年)を参照。

(13) Sharps, p.211.

(14) さらにストーリーも、両者が抱いた偏見を最後にはなくし、互いによき理解者となるという結末まで共通している。

（15）角山栄・村岡健次・川北稔著『産業革命と民衆』（生活の世界歴史一〇）、河出書房新社、一九九二年、一九〇頁。

参考図書

Chapple, J. A. and Pollard Arthure. *The Letters of Mrs Gaskell.* New York: Mandoline, 1997.

Pollard, Arthur. *Mrs Gaskell: Novelist & Biographer.* Cambridge, Massachusetts: Harvert University Press, 1967.

シルヴィアの恋人たち

"'I MAY DIE,' HE SAID, 'FOR MY LIFE IS ENDED'"

【あらすじ】

物語は一八世紀末のイギリス北東部に位置する港町モンクスヘイブンが舞台となる。ヒロインのシルヴィアは、酪農に従事する年老いた両親の一人娘として大事に育てられる。ある日、友人のモリーとモンクスヘイブンに出かけた折、強制徴募隊の襲撃に遭遇し、衝撃を受ける。そのような中、仲間を強制徴募隊から救うため格闘し、重傷を負ったチャーリー・キンレイドの勇敢さにたちまち魅了される。二人はわずか数回の出会いの後に婚約する。だが、シルヴィアには、彼女を幼いときから結婚相手と考えていた従兄のフィリップ・ヘップバーンがいた。洋品店に勤務する真面目だが地味な青年で、シルヴィアはフィリップの愛情を拒絶し続ける。

シルヴィアとキンレイドの仲を疑うフィリップは、偶然キンレイドが強制徴募隊に拉致される現場に居合わせる。彼からシルヴィアへの伝言を頼まれるが、シルヴィアに思いを寄せるフィリップは伝言を無視する。シルヴィアの父親ダニエルは強制徴募隊の集会所襲撃の首謀者として逮捕され、処刑されると、衝撃を受けた母親ベルは思考力を失う。キンレイドを死んだと思い、さらに実質的に両親を失ったシルヴィアは、ついにフィリップの求愛を受け入れ結婚し、娘のベラも誕生する。

やがて、昇進して将校となったキンレイドはシルヴィアに会いに来るが、結婚したことを知り、彼女の元を去る。フィリップは真実が暴露され絶望して家を出る。成り行きから海軍に入隊するが、爆発事故で顔の半分を失う大怪我をする。傷も癒え異国で暮らすうちに次第に望郷の念に駆られたフィリップは、モンクスヘイブンに戻って来る。

娘のベラが波にさらわれたところを救助したことで、フィリップの素性が明らかとなり、シルヴィアとフィリップは再会する。二人は互いに許しを請い、互いの愛情を確かめ合った後に、救助の時に負った傷でフィリップは息を引き取る。その後、シルヴィアも早世し、娘のベラは結婚してアメリカに渡るところで物語は終わる。

人物相関図

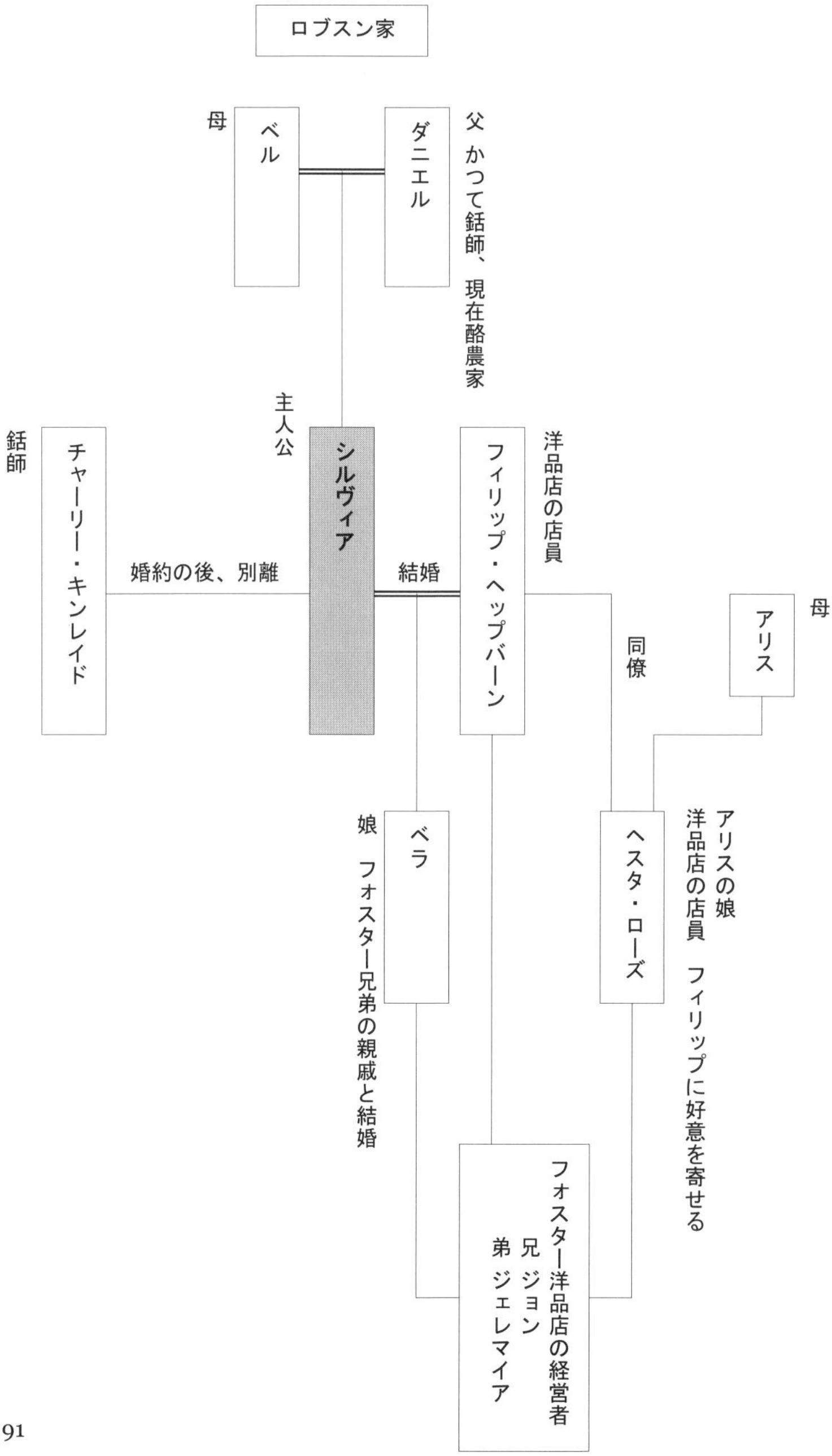
ロブスン家
母
ベル
ダニエル
父 かつて銛師、現在酪農家
主人公
シルヴィア
銛師
チャーリー・キンレイド
婚約の後、別離
結婚
フィリップ・ヘップバーン
洋品店の店員
同僚
アリス
母
ベラ
娘 フォスター兄弟の親戚と結婚
ヘスタ・ローズ
アリスの娘
洋品店の店員 フィリップに好意を寄せる
フォスター洋品店の経営者
兄 ジョン
弟 ジェレマイア

『シルヴィアの恋人たち』——フィリップを中心に

阿部　美恵

I　はじめに

『シルヴィアの恋人たち』（Sylvia's Lovers）はエリザベス・ギャスケルの第五作目の長編小説として、スミス・エルダー社から一八六三年二月に出版された。ギャスケルは処女作『メアリ・バートン』から『ルース』、『クランフォード』、『北と南』に至るまで連続して長編小説における主人公を女性に設定している。しかしながら『シルヴィアの恋人たち』はタイトルに「シルヴィア」とあるように、シルヴィア（Sylvia）が物語の中心人物であることは明らかであるが、物語を詳細に読んでいくと、真の主人公は女性のシルヴィアではなく男性と考えることもできる。このことはタイトル決定までの経緯からも推察できる。

ギャスケルは、伝記『シャーロット・ブロンテの生涯』（一八五七）の出版後、一八五九年一〇月に出版社と三巻本の小説を一〇〇〇ポンドで契約する。その後、小説の構想はできてはいるものの、資料収集や調査のため、実際に執筆を開始したのが翌年の四月、第一巻を書き終えたのが六月である。そして、第二巻を一八六一年一二月に書き終えるのだが、この間にタイトルは、まず『銛打ち』(*Specksioneer*)、つづいて『フィリップの偶像』(*Philip's Idol*)、『モンクスヘイブン』(*Monkshaven*)を候補として考えている。このタイトルの変遷を見るとき、小説執筆中に主人公となるべき人物がギャスケルの意識の中で変化していることがわかる。

『シルヴィアの恋人たち』は、歴史的事件を背景に、ひとりの女性シルヴィア(Sylvia)を巡る二人の男性、フィリップ・ヘップバーン(Philip Hepburn)とチャーリー・キンレイド(Charley Kinraid)の三角関係の恋愛を中心とした愛の崩壊と再生の物語である。本論では真の主人公と考えられるフィリップに焦点を当て、本書の共通テーマである「孤独と共感」の視点から、『シルヴィアの恋人たち』の分析・考察を行いたい。

Ⅱ

ギャスケルの長編小説は、第一作目の『メアリ・バートン』がマンチェスターの労働者の苦悩をテーマにしていることを手始めとして、第四作の『北と南』に至るまで、ギャスケルが作家として活躍したヴィクトリア朝における様々な社会問題がテーマとなる。世界に先駆けてイギリスで始まった産業革命は、人びとに物質的豊かさをもたらした反面、多くの悲劇や不幸を引き起こした。このような状況に牧師の妻であったギャスケルは心を痛め、苦しむ人びとの代弁者になることを作家の使命と考えた。

しかし『シルヴィアの恋人たち』は、同時代の社会問題を扱った先の四作品とは異なり、ギャスケルにとって初めて過去の歴史的事件から題材を採った長編歴史小説となる。物語の時代設定は一八世紀後半から一九世紀初頭、舞台はイギリスの北東部に位置する、捕鯨産業で栄えた港町ホイットビー(Whitby)がモデルのモンクスヘイブンである。この一地方都市に強制徴募隊(the Press-gang)が出現することによって、平凡に暮らす人びとの人生がどのように影響されていくかを、ギャスケルは卓越した描写力で克明に描き出す。

『シルヴィアの恋人たち』は歴史小説であることから、強制徴募隊を初めとしてヨーロッパ大陸でのナポレオン戦争、アメリカ独立戦争、南北戦争、加えて戦争が起因する不況や飢餓など、歴史上の出来事や当時の社会状況が重要な意味を持つ。これら歴史的出来事に共通するのが戦争である。戦争とは男性の力を象徴するものであり、人々の営みを大きく変化させる強力な力ともなる。そのため主要な登場人物が戦争とどのような関わりをもつかを検討することは、彼らの人間性や人生観を知る手掛かりとなり、作品理解を深めることにもつながると思われる。

ではまず、物語の主要な三人の登場人物であるシルヴィア、フィリップ、そしてキンレイドの人生を大きく変え、『シルヴィアの恋人たち』の直接的な執筆動機となった強制徴募制とはいかなるものであるかをみてみよう。『民衆の大英帝国』によると、強制徴募制の始まりははっきりしないが中世の早い時期から存在したことは確実で、当初は海軍と陸軍で採用されていたが、植民地戦争の時代には海軍が中心となり、一八三〇年代まで続けられたとある。特に『シルヴィアの恋人たち』の舞台となる一八世紀後半の対仏戦争時には、兵士獲得のために強制徴募が一段と激しさを増し、海岸沿いの町に暮らす人びとを恐怖に陥れた。ギャスケルが『シルヴィアの恋人たち』の執筆を手がけた理由の一つが、まさに娘ジュリア（Julia）の健康回復のために一八五九年一〇月に訪れたホイットビー訪問時に知った強制徴募の事実なのである。

物語冒頭の港町モンクスヘイブンの描写に、「人びとは海のことを忘れずにいた。だが、この物語に書かれている、まさにそのとき、人びとの心には、すぐそばの海に関して、ある特別の恐怖と苛立ちがあったのだ」（第1章）とあるように、モンクスヘイブンの「ある特別の恐怖と苛立ち」とは、歴史的事実として残る強制徴募隊に他ならない。さらに、「町全体が捕鯨産業に依存していた」の記述にあるように、モンクスヘイブンの町の有力者とは、捕鯨産業に携わって財を成した人たちを示す。捕鯨という肉体的強靭さを必要とする職業において、力は出世への大きな鍵となる。つまり、先の戦争と合わせて捕鯨も共に男性的力を象徴する。こうした要因が支配するモンクスヘイブンの社会では、捕鯨や戦争に直接関係を持たない洋品店の店員として働くフィリップは異質な存在となる。

このように冒頭からモンクスヘイブンの人びとの生活や意識が「海」と密接な関係を持つことが明らかにされるが、海は生活の糧をもたらす実益と同時に、人びとの生活を脅かし命を奪う危険性をはらむ。換言すれば、海は人間の絆を結ぶことも絶つこともできる二面性を合わせ持つ。そこに戦争や強制徴募という人為的な要因が加わることによって、海のもつ危険性が一層高まる。ギャスケルと海との関係は深く、親戚の多くが海軍と関わっていたが、特に一二歳年上の最愛の兄を一八歳の時に海で亡くした悲しみと喪失感は、母を幼くして亡くした後の「孤独感」と相まって、ギャスケルの人間性の根幹をなすものとなる。

『シルヴィアの恋人たち』において、「孤独」を体現するのがフィリップである。両親を早くに失くし、一五歳のときにフォスター洋品店で一店員から働き始め、店の共同経営者となるまでに社会的成功を収めるが、私生活では常に孤独をかこっている。物語ではフィリップの二一歳から二八歳までの七年間の短い人生が中心となり、この七年間は彼の人生の転機となる出来事に合わせて四つに区分することができる。まず、第一が強制徴募隊によるキンレイドの拉致、第二がシルヴィアの父親ダニエル・ロブスン（Daniel Robson）の絞首刑、第三がキンレイドの帰還とフィリップの海軍入隊、第四が重傷を負ったフィリップの帰国とシルヴィアとの和解となる。この四段階を経ていく中でフィリップは孤独を脱し、共感の道を進んで行く。

では、各段階におけるフィリップを具体的に見てみよう。第一段階は、捕鯨船の帰還に沸くモンクスヘイブンに突然現れた強制徴募に脅える人びとの描写から、キンレイドが拉致されるまでの第一章から第二〇章までである。『シルヴィアの恋人たち』は当時の出版の慣習に従って三巻本として出版された。執筆経緯を見ていくと、この三巻本の慣習がギャスケルにしては珍しく執筆に時間を要する原因となる。先に述べたように、一八五九年に小説の構想ができ、翌年の六月に第一巻（第一章から第一四章）を書き終え、第二巻（第一五章から第二九章）は、一八六一年の九月に執筆を終えている。このことは第一章から第二九章までは、執筆動機となった強制徴募などの歴史的出来事に関わる調査は充分に済み、比較的順調に執筆が進行したと考えられる。先に述べたように、物語はシルヴィア、フィリップ、キンレイドの三角関係の恋愛が主軸となって進むが、同時にギャスケルは母と娘の関係、家庭の重要性、誤った結婚の悲劇、女性と教育などの女性に関するテーマを内包させ、戦争に翻弄される個人の悲劇を描きながら、ヴィクトリア朝のさまざまな社会問題を提示する。

フィリップの人生においてシルヴィアは絶対的存在である。フィリップにとって彼女は世界でただひとりの女性であり、シルヴィアとの結婚が人生最大の目標となっている。そのため、フィリップの行動基準や価値基準はすべてシルヴィアの言動に置かれるのだが、フィリップがシルヴィアに執着すればするほどシルヴィアは彼を拒否し、フィリップは孤独感を深めることになる。

では、なぜフィリップはこれほどまでにシルヴィアに拒否されるのであろうか。物語の最初に登場するときのシルヴィアは一七歳の快活で純真な美しい娘である。酪農家の一人娘として、年老いた両親から溢れるばかりの愛情を受けながら平穏に暮らしている。フィリップはシルヴィアの母ベル（Bell）の甥で、シルヴィアにとっては従兄にあたる。クエーカー教徒のフォスター兄弟が経営する洋品店で店員として働き、その真面目な働き振りと誠実さで主人からの信頼も厚い、前途有望な若者である。だが、シルヴィアに注ぐ一途な愛情には、仕事に対する誠実さとは対照的に、自らの願望の成就のために相手を思いやる配慮に欠けた、利己的な姿が垣間見える。このことは、洋品店の同僚であるヘスタ・ローズ（Hestr Rose）に対するフィリップの言動に顕著に認めることができる。ヘスタは、メソジストの母アリス（Alice）とつつましく暮らしている。その容貌は、「背の高い娘だった。やせてはいたが、大柄で、真面目な顔をしていたため、年より老けて見えた……灰色の瞳は、正直さと優しさに溢れ、とても感じがよかった。そして、感情を押し殺す人にありがちな、あのやや固く結ばれた唇をしていた……」（第3章）と形容されるように、まさにフィリップを想起させる女性である。彼女は密かにフィリップに思いを寄せるが、彼は気づくことがない。思いを寄せる女性と、思いを寄せられる女性という違いはあるが、フィリップのこの二人の女性に対する態度に彼の人間としての本質が表れる。

容貌や気質についてのシルヴィアとヘスタの対照性は、フィリップとキンレイドにも当てはまる。フィリップは長身だが職業柄少し猫背、物腰は落ち着いているが顔色はよくない。それに対してキンレイドは、容姿端麗で勇敢な銛師、彼が登場すると、その場が急に明るくなる天性の陽気さを備え、女性の扱いにも慣れている。だが、注目すべきはシルヴィアがキンレイドに惹かれたのは彼に会う以前の、強制徴募隊を相手に重傷を負いながらも果敢に闘った話を聞いたときからである。英雄的な行為への称賛の気持ちがキンレイドに会う以前から彼を偶像化したのである。つまり、シルヴィアにとってフィリップの存在が日常的で現実社会に生きる平凡な男性であるのに対し、キンレイドは非日常的な存在として当初から偶像化・理想化された男性となっていたのである。

ギャスケルと同時代に活躍した女性作家にジョージ・エリオット（George Eliot, 1819–1880）がいる。リアリズム作家としての共通の文学的特徴をもつが、ギャスケルより後に作家として登場したエリオットの作品にギャスケルは感銘を受けると共に、その素晴らしさに執筆意欲を失うほどの精神的動揺を覚える。そのため『シルヴィアの恋人たち』の執筆に苦悩する時期に、エリオットが作家としての地位を確立した『アダム・ビード』（*Adam Bede*, 1859）が出版されたことは、ギャスケルの『シルヴィアの恋人たち』執筆の進行に大きく影響することになる。『アダム・ビード』はエリオットが生まれ育った英国中部地方に暮らす平凡な人びとの生活をテーマにしたものである。シルヴィアと同じ一七歳で、酪農家で働くヘティ・ソレル（Hetty Sorrell）が私生児を生む悲劇の原因となったのが、若く容姿端麗な地主階級の男性に誘惑されたことである。シルヴィアの場合も、ヘティ・ソレルと同様の悲劇に陥る危険性があった。しかし、シルヴィアがヘティ・ソレルの悲劇を逃れたのは、母親の存在と共に、絶えずシルヴィアに思いを寄せていたフィリップの存在がある。母親のベルはフィリップの気持ちを察し、兄となって彼女を守ることを懇願する。

フィリップがシルヴィアとキンレイドの仲を疑う中、コーニー家（Corney）の新年パーティーを境にシルヴィアとキンレイドは親密度を増す。キンレイドは再会したシルヴィアの美しさと慎ましさに魅了されながらも、「話し方はどうでもよかった」と語る彼の言葉には、人間を内面ではなく、外見的魅力で女性の価値を判断する、キンレイドの浅薄さが伺える。このキンレイドの女性観は一見フィリップの女性観と異質に見えるが、シルヴィアに対するフィリップの態度を見るとき、女性を美しく着飾り男性の付属品としてみなすという共通性が認められる。

当然のことながら、偶像化されたキンレイドの本質を見抜けないシルヴィアは、今まで経験したことのない甘美な思いに浸る。ついに、父親の了解のもと二人は婚約する。だが、ここでフィリップにとって人生最大の転機となる出来事が起こる。それは、フィリップが洋品店の主人の命を受けロンドンに向かう途中、偶然キンレイドが強制徴募隊に拉致される場に遭遇し、彼からシルヴィア宛の伝言を頼まれるのである。このときフィリップが取った行動は、シルヴィアのためと言いながらキンレイドの不在を自らのチャンスととらえる自分本位の考えに基づくものであった。つまり、キンレイドが死んだという世間の噂を黙認したのである。人は日常生活において常に道徳的判断を強いられる場面に遭遇する。誤った判断は誤った行動へと導くことになるが、このときのフィリップは、まさに道徳的判断をすべき人生の決定的瞬間に誤った選択をする。

V

次に第二段階におけるフィリップである。かつて銛師であったシルヴィアの父親ダニエル・ロブスンはある日、強制徴募隊の集会襲撃事件に巻き込まれ、事件の首謀者として絞首刑になる。この出来事はフィリップとシルヴィアの関係を大きく変化させる契機となる。このような襲撃事件は史実として記録されている。フランス革命への干渉戦争の初期に、ヨークシャーの石炭積出港ホイットビーで、数百人の群集が強制徴募隊を囲んで攻撃し、退散させた事件で、首謀者としてウィリアム・アトキンズ（William Atkins）が処刑される。ダニエルは当初、相手との話し合いを求める分別を見せたが、理性を失った群衆の勢いに押されて、ダニエルはいつしか破壊行為の中心人物になっていた。法的に認可された強制徴募隊であったが、彼らの残虐非道なやり方に人びとは恐怖と反感を抱いていた。この恐怖と反感が引き起こした襲撃事件は、以前ジョン・フォスター（John Foster）の言葉、「争いから争いが生まれるものだ」（第11章）が現実化した結果である。

ダニエルの逮捕に続く絞首刑に衝撃を受けた母は思考力を失うようになり、シルヴィアは突然両親という支えを失って、次第にフィリップに依存するようになる。母と娘との関係は、ギャスケルの小説の大きなテーマのひとつである。先に述べたように、母を幼くして亡くしたギャスケルは、家庭における母親の役割を非常に重視した。特に、ヴィクトリア朝にあっては、女性の社会化、つまり時代の要求に合わせた女性に教育することが求められ、娘を教育する役割を担わされたのが母親であった。母親の不在が娘にもたらす不幸は、『メアリ・バートン』のメアリ（Mary）や、『ルース』のルース（Ruth）において既に体現されている。「母さんの言葉は石に刻まれているみたい。意味が込められているのよ」（第2章）とシルヴィアが語るように、ヴィクトリア朝の家父長的な家庭にあって、母のベルは夫に従属する当時の典型的な妻であったが、シルヴィアにとっての母は道徳的指針であり、心の拠り所であった。だが、実質的に母を失ったシルヴィアが、父親の危機的状況を打開するために、身近にいる唯一の男性であるフィリップに依存するようになったのは当然の成り行きである。「この短い時間の内に、彼女は少女時代を完全に失ってしまったのである」（第26章）が表すように、シルヴィアは少女時代を脱し、大人の世界に足を踏み入れたのである。大人の世界では厳しい現実が立ちはだかる。両親という支柱を失い大人の世界に入ったシルヴィアは、急激に少女時代の情熱と自由奔放さを失い、受動的な女性へと変貌する。一方、フィリップは対照的に行動的になるが、依存するシルヴィアと保護者となるフィリップという関係においても、相互間に信頼と愛情を認めることはできず、フィリップはいまだ孤独を脱することはできない。

だが、母の看病と農場管理ができないことから、シルヴィアはフィリップの求婚を受け入れ、婚約する。このときのフィリップは次のように描写される。

「たいていの場合シルヴィアは、文句のつけようのないほど優しくて穏やかだったが、フィリップは、彼女に、自分に対して恥じらい、しっとりと接して欲しかった。ところが彼女はそうではなかったのだ。彼女は美しい目でまっすぐ、冷静に彼を見つめながら話をした。彼女は、彼が家族の友人のように相談した。彼女は、自分たちの結婚のための準備というよりは、住居を変えることぐらいにしか、ヘイスターバンクを離れることぐらいにしか、母親への影響を考えることぐらいしか考えていなかった。フィリップは自分でまだ認めていなかったが、必死で追い求めてきた果実がソドムの林檎なのではないかと感じ始めていた」（第29章）

フィリップにとって人生最大の目標であったシルヴィアとの結婚が現実のものとなると、二人の結婚観の違いが鮮明となる。引用文にあるように、婚約したフィリップは早くもシルヴィアとの結婚を、「ソドムの林檎」と感じるまでに、不安と焦燥感が深まる。ソドムとは、旧約聖書の『創世記』に登場する罪の町で堕落を象徴するが、フィリップがシルヴィアを「ソドムの林檎」と形容したことは、二人の結婚が純粋な愛情に基づいたものでなく、フィリップの嘘から成立した結婚であるという罪の影が射し、将来が不吉なものであることを暗示する。

ついに二人は結婚する。フィリップが予想したように、結婚生活は悲惨を極める。シルヴィアの愛情と関心はすべて母親に向けられ、夫であるフィリップはますます孤独感を強める。そんな折、思いがけず母方の伯父から遺産が入ったことで、フィリップに世俗的な野心が芽生える。シルヴィアに対する愛情に世俗的な要素が加わったことで、世間体を気にするようになったフィリップはシルヴィアへの束縛を強める結果となり、シルヴィアは結婚生活に閉塞感と抑圧感を深めていく。

だが、子供の誕生を契機に、シルヴィアはフィリップの変わらぬ優しさに好意と尊敬を感じると同時に、フィリップを愛するようになる。しかし、不幸なことに、会話の欠如によってフィリップはシルヴィアの心の変化に気づくことができず苛立ちと不満を募らせ、二人の関係は悪化するのみである。ギャスケルはコミュニケーションを重要視し、沈黙を人間関係における最大の危険と考えた。フィリップとシルヴィアの結婚はコミュニケーションの不足が互いの理解を妨げ、共感への道を塞ぐ最大の障害となり、思い込みと誤解という悪循環を続けていくことになる。

Ⅵ

第三段階では、キンレイドの帰還と真実の暴露、フィリップの出奔と海軍への入隊と、物語で最も劇的な場面を迎える。フィリップとシルヴィアの結婚生活は日を追うごとに悲惨さを増す。このような折、強制徴募隊に拉致されていたキンレイドが奮闘の末に海軍将校まで出世し、突然シルヴィアの前に現れる。しかし、シルヴィアの結婚を知り、キンレイドは激しく彼女を非難する。気持ちがキンレイドに傾きかけたとき、赤ん坊の泣き声によってシルヴィアは母であることを再認識し、自制する。『シルヴィアの恋人たち』では、赤ん坊が物語の重要な場面で登場人物の危機的状況を救い、不和や誤解を和解へとつなげる役割を担う。娘時代のシルヴィアと母ベルとの強い絆は、母となったシルヴィアと娘ベラ（Bella）に継承され、シルヴィアの危機を救う。だが、シルヴィアとベラの関係においては母親が娘を道徳的に導く役割としてより、娘の存在が母親の自制を促し、誤った行動を阻止するという母娘の役割の逆転現象が起きている。

キンレイドの帰還はフィリップの嘘を暴き、モンクスヘイブンから彼を追放することになる。フィリップは人知れず家を出て絶望の中で放浪するが、偶然の成り行きから海軍に入隊する。ここで彼はスティーブン・フリーマン（Stephen Freeman）という偽名を使う。フィリップがスティーブン・フリーマンを偽名に使用したことは非常に意味深い。なぜなら、Stephen は Saint Stephen を意味すると考えることができ、Saint Stephen は原始キリスト教の殉教者である。また、Freeman は「自由市民」

という意味とともに、「奴隷でない人間」を表す。つまり、キンレイドの伝言を無視してシルヴィアと結婚するという行為の罪の贖いとして、殉教者となるべきフィリップの将来の姿を暗示するとともに、精神的にシルヴィアに執着、従属していたフィリップの意識が解放されたことを意味する。

だが、フィリップが偽名を使用したことに、ギャスケルは次のように語る。

「新しい名前で、新しい人生を歩み始めたのだ。ああ！過去は決して消えることはないのに！」（第３４章）

人間にとって過去がいかに重要であるかは、先に触れたジョージ・エリオットの自伝的小説『フロス河畔の水車小屋』（*The Mill on the Floss*, 1860）のテーマにもなっている。主人公のマギー・タリヴァー（Maggie Tulliver）が人びとからの非難を免れられないことを承知で、愛する人の懇願に背を向け故郷に戻ったのは、過去との絆、家族との絆を断ち切って生きていくことができないことを自覚したからである。フィリップは一時的に故郷のモンクスヘイブンを離れるが、別れが永遠でないことを、ギャスケルは読者に伝える。

そして、続く第三五章の表題「口に出せないこと」で語られるギャスケルの結婚観に、フィリップとシルヴィアの結婚の前途が暗示される。

「結婚生活にはさまざまな障害があり、常に夫婦仲が良く、喜びに満ち溢れている訳ではない。

傍観者にはそれが分からないのだ。当事者たちにだって分からないのだから。しかし、そうした障害が表面的なものであろうと、本質的なものであろうと、この世においては必要な試練であって、夫婦の愛情には致命的な影響を及ぼしはしないのだ。この変わらぬ愛情によって、天国においてすべて良し、ということになるのだ」（第35章）

引用文からも分かるように、ギャスケルはフィリップとシルヴィアの結婚を悲劇で終わらせる意図はない。ヴィクトリア朝は、ブロンテ姉妹、ジョージ・エリオットを初めとして、数多くの優れた女性作家を輩出したが、長きにわたる結婚生活と出産を経験した女性作家はギャスケルだけである。『シルヴィアの恋人たち』は、献辞が夫に向かってなされた唯一の作品である。冒頭でも触れたように、ギャスケルの生涯は肉親の愛情に満たされていたわけではない。それだけに自らの家族に対する愛情は強く、ヴィクトリア朝の家庭重視の風潮と相まって、ギャスケルの作品では家族愛が強調される。

最終的にフィリップをモンクスへイブンに連れ戻すことになったのは、まさしくこの過去との絆、換言すれば、妻シルヴィアと娘ベラに対する家族愛である。たとえ妻の赦しを得られなくとも、愛する家族のそばにいることにフィリップは人生における存在意味を見出す。

第四段階に入ると、物語の舞台はイギリスを遠く離れ、ヨーロッパ大陸の地中海地方に移る。イギリスの一地方都市における人間関係を中心とした心理小説的内容が、戦闘場面や傷病兵の実態など戦争の現実の姿が克明に描写され、一気に歴史小説としての様相を帯びてくる。ただし、家を出たフィリップが偶然の成り行きから海軍に入隊し、その結果、戦場で瀕死状態にいたキンレイドを救出することになるが、この間の物語の進行はリアリズム作家として優れた技量をもつギャスケルにはふさわしくない、非現実的で都合のよい偶然性が重なる。しかし、物語としての緊張感は一気に高まり、読者の興味をかき立てるストーリーテーラーとしてのギャスケルの才能がうかがえる。

フィリップはキンレイドを救った後、爆発事故によって顔の下半分のすべての皮膚が完全に破壊されるほどの重傷を負ってしまう。この爆発による事故は、フィリップにとって大きな転機となる。つまり、母の死後、精神的に孤独にの中にいたフィリップが、共感を得るきっかけとなるのである。その意味で、爆発事故はフィリップに肉体的ダメージを与えたが、精神的には再生することを意味し、フィリップの人生を考える上で非常に重要な出来事と考えられる。ギャスケルは爆発事故でフィリップに死を与えるのではなく、しばらくの間、生かすことによって神の摂理を実現していく。

当初、重傷を負ったフィリップはシルヴィアと切り離された生に執着することはなかった。しかし、皮肉なことに傷は癒え、フィリップは帰国命令を受け、再びイギリスの地を踏む。帰還兵を英雄視する人びとから敬愛と親切を受けるうちに、フィリップは次第に生への執着を見せるようになる。しかも、一時身を寄せたセント・パルカ慈善院で平穏無事な日々を送るうちに、不安と焦燥がフィリップを襲い、夜には過去の光景が目に浮かんでくる。そして、偶然目にした一冊の本に自らの境遇を重ね合わせ、望郷の念を強くする。「このように離れていてはゆっくりできないのです——昔の知人たちからこのように離れては」（第42章）と言うと、フィリップは慈善院を後にし、モンクスヘイブンに向かう。ここには、先に述べたエリオットの過去の絆をなくして現在は存在しないという時の連続性の考えが、ギャスケルの作品においても明確に提示されている。

モンクスヘイブンに戻ったフィリップは世捨て人としてドブスン（Dobson）未亡人の家に下宿しながら、シルヴィアとベラの生活を遠くから見守る。しかし、洋品店の主人のジェレマイア（Jeremiah）と散歩中にベラが大波にさらわれる現場に偶然居合わせたフィリップは無事ベラを救出するが、自らは内臓を強打し瀕死の状態に陥る。フィリップの正体を知ったシルヴィアは、臨終の床にいるフィリップと再会する。この再会は赦しと愛の再生の場面である。言い換えれば、孤独から共感に至る道を作ることになる。フィリップはシルヴィアに向かって次のように語る。

「ぼくは君を僕のアイドルにしてしまった。だから、もう一度人生を生きられるのなら、神様をもっと愛して、君への愛を減らそうと思うよ。そうしていたら、この罪を、ぼくは犯すことがなかったはずだ」（第45章）

そして、「神よ、わたしたちが互いに赦しあったように、わたしたちの過ちをお許しください」「天国で」（第45章）と言って、フィッリプは息を引き取る。その後、シルヴィアはベラが成人する前に亡くなり、ベラはフォスター兄弟の一人から遺産を贈与され、その親戚と結婚してアメリカに渡る。では、このシルヴィアの早世とベラのアメリカ行きは何を意味するのであろうか。シルヴィアは、フィリップの死の直後、よい人間になるように努めれば、天国でフィリップに会えるかとヘスタに問う。この問いに著者のギャスケルは何も答えず、時代は一気に三〇年後へと移る。そこでは町も人びともすっかり変わり、波だけが昔と同じように打ち寄せてくる。そして、フィリップとシルヴィアの悲劇も遠い過去の物語として、小説『シルヴィアの恋人たち』は終わる。

シルヴィアの早世は、先のギャスケルの言葉、「天国においてはすべてよしとなる」の実現であり、現世で叶えられなかったフィリップとシルヴィアの和合の願いが神に届けられたと解釈できる。同時に、シルヴィアの早すぎる死は、『シルヴィアの恋人たち』がもつ悲劇性を一層高める効果を生み出すといえよう。そして、モンクスヘイブンの捕鯨産業が過去のものとなり、資本主義世界を象徴するアメリカにベラが足を踏み入れたことは、フィリップが挫折した資本主義社会での成功を、娘のベラが新世界で継承していく可能性を秘めていると言えるだろう。

以上、フィリップ・ヘップバーンを『シルヴィアの恋人たち』の真の主人公と考え、彼が孤独を脱し共感を得るまでの経緯を考察してきた。使い走りとしてフォースター洋品店に来て以来、シルヴィアに捧げたフィリップの一途な愛は、一つの嘘と戦争が複雑に絡み合って一度は崩壊するが、試練の後に再生する。対仏戦争によって激化した強制徴募隊が平凡に暮らす人々の生活を脅かし運命を狂わせて行く様を、つまり、悲劇を日常的に描くことによって、ギャスケルは悲劇性を高めていったのである。ギャスケルは戦争を声高に非難することはなく、ありふれた人びとの日常生活の実態をありのままに描くことによって戦争に抗議した。そして、人びとが生きていく上で何よりも「共感」を重視した「共感」を得ることを小説執筆の目的としたギャスケルは、『シルヴィアの恋人たち』を遠い過去の物語として終わらせてはいるが、戦争の時代といわれた二〇世紀、そして未だに世界中で紛争が続く現代において、『シルヴィアの恋人たち』がもつテーマは普遍性を証明する作品となっている。

使用テキスト

Elizabeth Gaskell, *Sylvia's Lovers*, Shirley Fosters ed., Penguin Classics, 1996.

注

『シルヴィアの恋人たち』からの引用は、鈴江璋子訳（大阪教育図書刊『ギャスケル全集』第五巻）による。

参考文献

Ablow, Rachel. *The Marriage of Minds*. Stanford U.P., 2007.
Brodetsky, Tessa. *Elizabeth Gaskell*. London: Faber & Faber, 1993.
Chapple, J. A. V. & Pollard A.. eds. *The Letters of Mrs. Gaskell*. New York: Manchester UP, 1966.
Easson, Angus. ed. *Elizabeth Gaskell: The Critical Heritage*. London: Routledge, 1991.
Eliot, George. *Adam Bede, The Mill on the Floss. The Works of George Eliot*. Cabinet Edition, Edinburgh and London, 1877–80.
Gerin, Winifred. *Elizabeth Gaskell*. Oxford: Oxford U.P., 1976.
Pike, E. Holly. *Family and Society in the Works of Elizabeth Gaskell*. New York: Peter Lang, 1995.

Stoneman, Patsy. *Elizabeth Gaskell.* Harvester, 1987.
Uglow, Jenny. *Elizabeth Gaskell: A Habit of Stories.* London: Faber & Faber, 1993.
川北稔『民衆の大英帝国』岩波書店、一九九〇年。
大野龍浩訳『シルヴィアの恋人たち』（彩流社、一九九七年。
ジューン・パーヴィス著、香川せつ子訳『ヴィクトリア時代の女性と教育』ミネルヴァ書房、一九九九年。
比較家族史学会監修『家と教育』早稲田大学出版部、一九九六年。

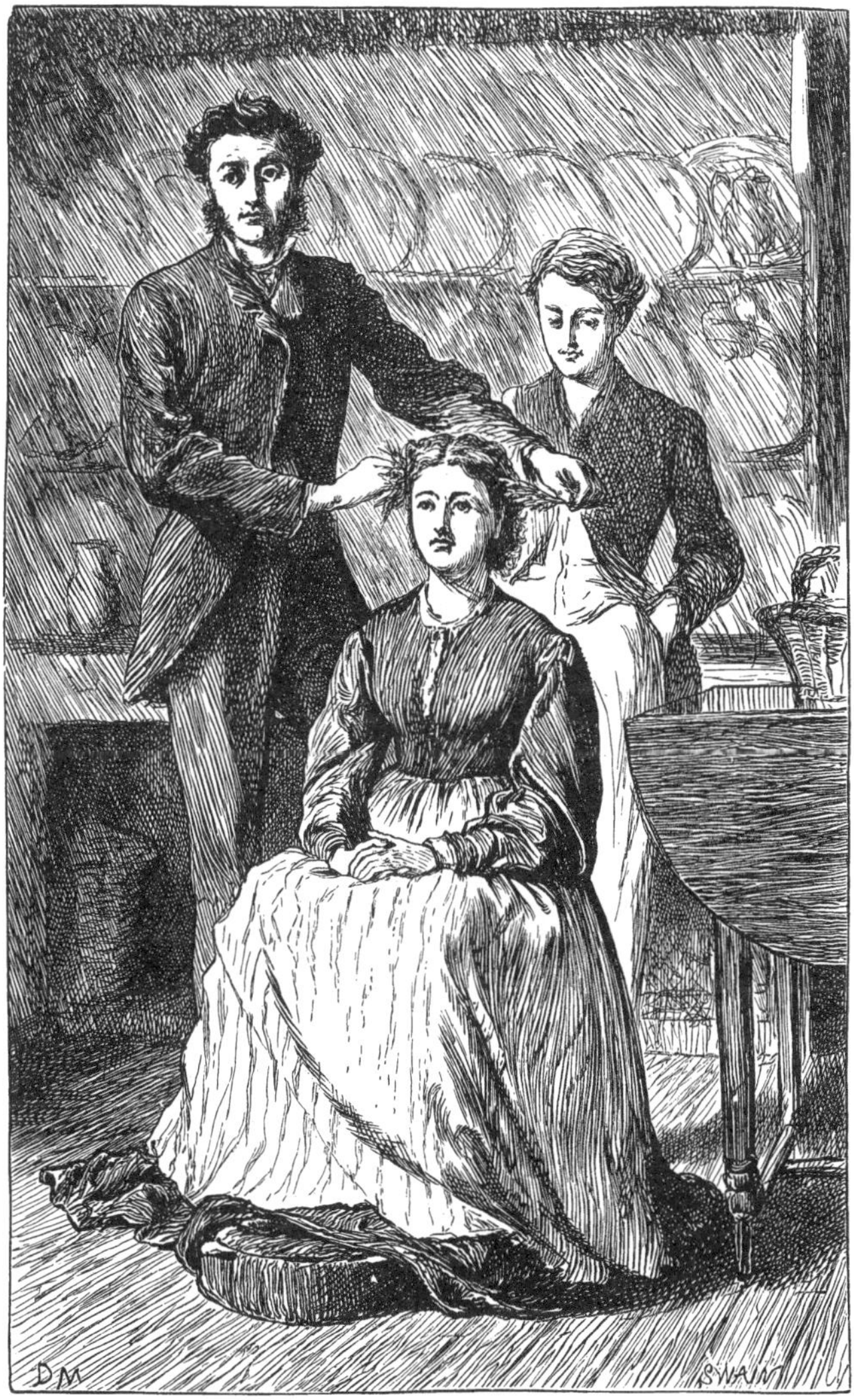

"You would like a portrait of your daughter as Ceres, would you not, ma'am?"

【あらすじ】

物語の語り手ポール・マニングは、一七歳のときエルタムに下宿し、鉄道見習いを始める。その近くのヒースブリッジという村に、ポールの親戚にあたるホールマン家の住むホープ・ファームがあった。主のホールマンは農業と牧師の仕事をこなす、人間性豊かな人物であった。まもなく一九歳になろうとする頃、ポールは母親の依頼でホープ・ファームを訪れるが、そこで背が高く美しいだけでなく、聡明で知的好奇心の強い従妹フィリスに出会う。

ポールは次第に一家と親しくなり、月に一度はホープ・ファームで週末を過ごすようになる。翌年の初め、ポールの上司ホウルズワースが熱病を患い、牧師夫妻の招きによりホープ・ファームに静養に訪れる。牧師は知識が豊富で話の上手なホウルズワースに好感を持ち、ホウルズワースもホールマン一家が気に入る。フィリスも外国風で洗練されたホウルズワースに心を引かれる。二人の間に恋が芽生えるが、秋の終わりに、ホウルズワースが急にカナダに渡り、鉄道施設の監督をすることになる。ホウルズワースは出発の前夜、ポールにフィリスへの思いを告白する。ホウルズワースが発った後、意気消沈しているフィリスを見ていられず、ポールはホウルズワースの気持ちを打ち明けてしまう。すると、フィリスは生き生きとした表情を取り戻す。

しかしその後、ホウルズワースが結婚するという手紙を受け取ったポールは、自分の行動を悔やみつつ手紙をフィリスに見せる。フィリスに変調が現れ、ある日、父親がポールを責めているのをかばおうとしたとき、フィリスは脳膜炎の発作を起こして倒れる。何日もの間眠り続け、家族の看護で危機を脱したが、無気力であった。そのようなフィリスをベティが叱ることにより、フィリスは立ち直ることを決意する。

人物相関図

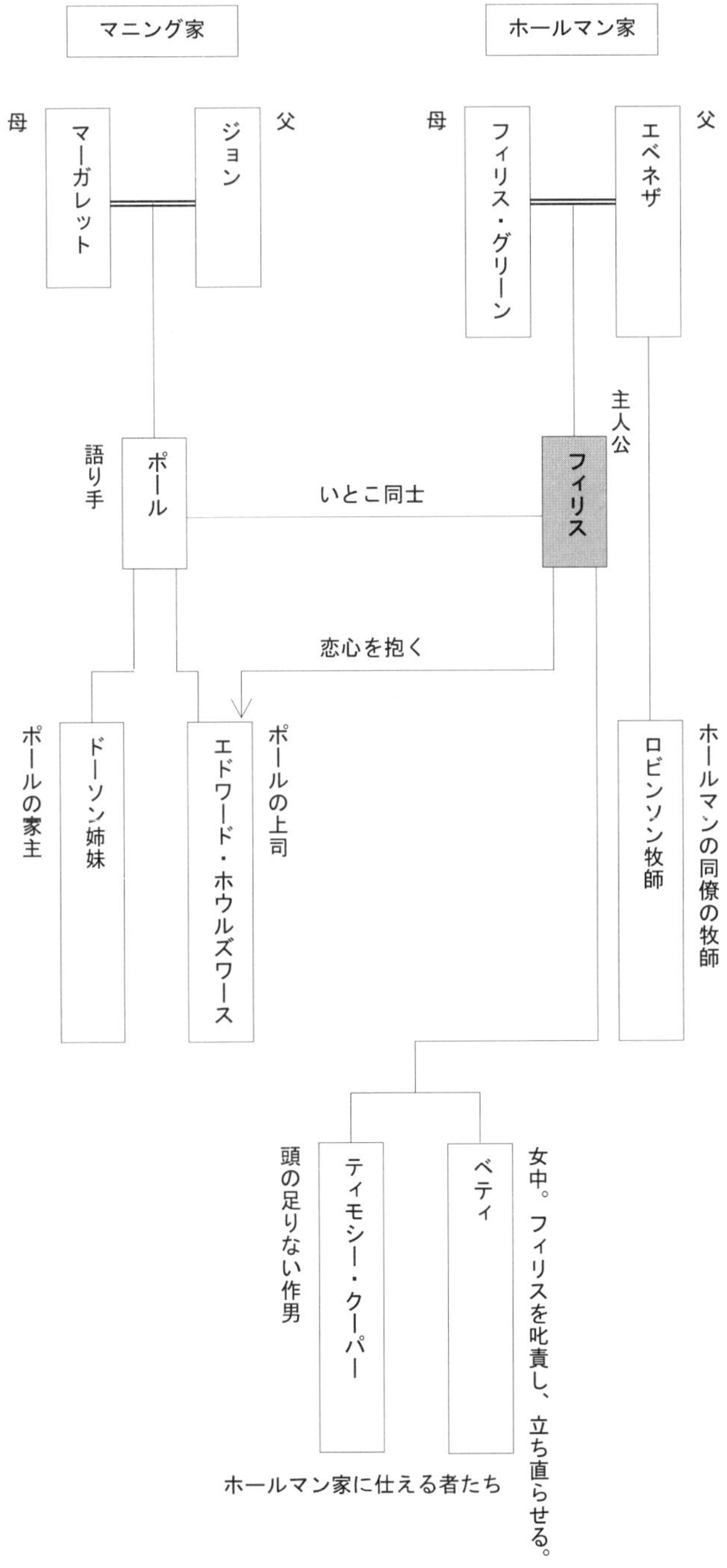
マニング家
ホールマン家
母
マーガレット
ジョン
父
母
フィリス・グリーン
エベネザ
父
主人公
語り手
ポール
いとこ同士
フィリス
恋心を抱く
ポールの家主
ドーソン姉妹
エドワード・ホウルズワース
ポールの上司
ロビンソン牧師
ホールマンの同僚の牧師
頭の足りない作男
ティモシー・クーパー
ベティ
女中。フィリスを叱責し、立ち直らせる。
ホールマン家に仕える者たち

『従妹フィリス』――登場人物を通して

金子　史江

I　はじめに

『従妹フィリス』（*Cousin Phillis*）は一八六三年一一月から一八六四年二月までの計四回の連載物として、ジョージ・スミス（George Smith）の主宰する『コーンヒル・マガジン』（Cornhill Magazine）に発表され、翌年ほかの短編集と共に出版された作品である。アーサー・ポラード（Arther Pollard）作品全体について、「繊細な一つの陶器のような完璧さがある」[1]と評し、G・D・サンダーズ（Gerald DeWiff Sanders）は、背景として描かれている田園風景について、「古い陶器のような貴重な特質がある」[2]と賞賛している。物語の舞台となるホープ・ファーム（Hope Farm）は、ギャスケルの故郷であるナッツフォード（Knutsford）近くのサンドルブリッジ（Sandlebrige）にあるホランド（Holland）農場をモデルとしたものである。作品の持つ独特な魅力を、繊細で光沢のある陶器にたとえているこれらの言葉は、田園の自然と人間の生活が一つに溶け合っている『従妹フィリス』が、ギャスケルの一層卓越した成熟期の作品であることを物語る。

作品の中でギャスケルは、自分が知ることのできなかった互いに助け合うこじんまりと安定した家庭を創り描いた。『従妹フィリス』に登場する人物は決して多くはない。語り手ポール（Paul Maning）、そしてポールの眼を通して語られる美しさと知性を備えたフィリス、牧師兼農業を営むフィリスの父ホールマン（Holman）とその妻、ホールマン家に仕えるベティ（Betty）とティモシー（Timothy）、そしてポールの上司であり幅広い知識を備え、その特性によりホールマン家の人々をひきつけてしまうホウルズワース（Holdsworth）。ギャスケルは、一八五九年、当時作家志望であったハーバート・グレイ（Herbert Grey）氏に宛てた書簡の中で「この事件の発展と進行に貢献しない人物は一人も紹介してはいけません。」[3]と書いている。登場人物一人一人が、ギャスケルの鋭い洞察力と卓越した想像力によって、物語が進行する上で欠くことのできない重要な役割を担っている。そして、背景となる自然も物語の進行の一部のように精巧に描き出されているのである。

平穏な自然を背景とした中で生じるフィリスの悲劇とそれを取り巻く人々の善意。『従妹フィリス』は自然愛と人間愛というギャスケルの真髄を語った作品である。フィリスの両親であるホールマン夫妻、ホールマン家に昔から仕える女中のベティ、そしてまるで母親のようにフィリスを包み込む自然における役割について、孤独と共感の問題に着目し考察していきたい。

父親ホールマンに、ギャスケルは少女時代、ともに暮らすことのできなかった父親像を創り出している。アーサー・ポラードが、永遠に記憶に残る人物として、ホールマン氏やフィリスを挙げていることは興味深い。

ホールマンは、たくましい農夫であると共に率直で善良な牧師であり、健全な強い知識欲を持つ学者の才能を兼ね備えた特徴を持っている。また、立派な見せかけの正門には「主牧師」、もう一方の戸口には「副牧師」という名前をつけるというユーモアをも備えた人間性を持つ人物として描き出されている。このような父親からフィリスは教育を受け、ラテン語やギリシャ語を読むという言語に対する才能、鋭敏な知性を合わせ持つ少女へと成長した。

両親の庇護の下、美しく心穏やかに育っていたフィリスであったが、心を寄せていたホウルズワースがカナダで結婚したという知らせを聞くと、失意のあまり、目の周りは黒ずみ唇は青白く色あせ、変わり果てた姿となる。家族に対する愛と権威を備えていたホールマンは「子どもの頭」「子どもの心」を持つ娘につかの間の恋の希望を持たせてしまったポールを責め立てる。子ども用のエプロンを捨て、すでに一七歳になっている娘の成長に気づかず、フィリスにとって衝撃的な言葉をホールマンは発してしまう。

「フィリス！　おまえは、ここにいて幸せではないのかい？　愛情が足りないのかい？」[4]

そしてさらに、フィリスの痛々しい苦しそうな表情が目に入らず、フィリスまでも責めるように言い、危機に至らせる。

「しかもおまえは、わたしたちから離れて行こうとしたのだ。この他人と一緒になって、両親を残して世界中をさまよう旅をしようとしていたのだね」[5]

ホープ・ファームという自然に囲まれた穏やかな農場で、寄り添うように生活を育み、同じ知的好奇心を持つ父親と娘であったが、フィリスの精神的な成長を感じ取ることが父親ホールマンはできなかった。フィリスは密かな幸福も悲しみも口に出すことができなかったのである。

家族に対し権威を持つホールマンに対して、母親ホールマン夫人は、夫と娘の間の知的な関心事には入り込めず、影のような姿になっている。夫人は単純で教養はなく、家族のために日々の仕事をすることで満足している。父と娘の会話に対して抱く、彼女の孤独感や劣等感にフィリスは気づかない。ヴィクトリア朝の善良な妻、そして母を代表するかのように、家を守る姿として描かれている。夫に尊敬の念を抱き、夫の言葉はどのようなときにも役に立つと考える。そして娘には宝物として愛情を注ぐ「完全な母性型の女性」である。

ホウルズワースのカナダでの結婚を知り、また、縫い物の糸が切れて思うように進まず、フィリスは今までには見せたことのないひどい癇癪を起こす。夫と娘の知的追及の喜びを理解することさえできなかったホールマン夫人ではあるが、フィリスがそのとき、心の救いを求めたのは、母親に対してであった。

空に雲がかかっているので七月にしては、早く薄暗くなったころ、フィリスがまるで何ごともなかったように、そっと帰ってきた。彼女は手仕事を取り上げたが、暗くなってはかどらなかったので、すぐそれを止めた。それから彼女がこっそり母親の手を取るのが見え、母親は黙ったままそっと撫でるようにしていた。[6]

ホールマン夫人は細かな点にまで気のつく器用さはないが、娘の窮地を本能的に感じ取り、夫に娘の癇癪を悟られないようにと気を使う。

フィリスが脳膜炎で倒れたとき、父親はその原因がフィリスを責めた自分の言葉にあるのではないかと考え狼狽する。普段は冷静で思慮深いホールマンであるが、この時、フィリスを救うことができない。一方、その場に向かい、落ち着きを失わず、顔を蒼白にし全身震えてはいたが、父親よりも手際よくフィリスの手当てをしたのは、ホールマン夫人であった。娘を守り家を守ろうとする母親の強さである。

病気の回復が遅々として進まない中、目を閉じ、以前のように賛美歌を口ずさもうとしながらも、声を途切らせては苦痛のうめき声を立てているフィリスの傍らで、ホールマン夫人は涙も流さず、辛抱強く気を配りながら、娘の頭の布を取りかえ、看病にあたる。人間性豊かなホールマンのように、読者に強い印象を与えることはないが、フィリスの心と身体を支える上で、母親ホールマン夫人も重要な役割を担っているのである。

しかしながら、娘のホウルズワースへの思い、すなわち精神的な成長を理解する細やかな心を持つまでには至っていない。家族に愛され、幸せな中にはいるが、ある意味では、フィリスは、苦悩、つまり大人への成長を語ることのできない孤独な状態にあると言えるであろう。

Ⅲ　自然

フィリスの悲しみや喜びは、自然を背景とした中で、あたかも絵画を見ているかのように巧みな筆致で描き出されている。ポールの上司であるホウルズワースは、病気療養のため、一週間ホープ・ファームに滞在することになる。病気から回復した後もホープ・ファームを度々訪れ、フィリスと急接近していく。しかしホウルズワースが、線路施設の監督をするためにカナダへ旅立って以来、フィリスは何か衝撃を受けた人のように青ざめた表情で毎日を送る。そしてある日、耐え難いすすり泣きをポールに聞かれてしまったため、山の下にある自らの「隠れ家――聖なる避難所」へ訪れる。後を追うとポールは丸太に腰をかけ、頬を犬のローバーの頭に寄せ、片腕をその首に巻きつけているフィリスの姿を見、風のざわめきのような彼女のうめき声を耳にする。悲しみに打ちひしがれていたこのとき、自然はフィリスを包み込む母性的な役割を果たしている。両親から愛され、大切に育てられてきたフィリスであるが、「家の中がとてもせまくるしいと思うことが時々あるの」[7]とポールに打ち明け、親の愛の深さを負担にも感じていることがうかがわれる。

悲しみに対する救いを自然に求めたフィリスであったが、また、喜びのあまり、彼女が自然の中に溶け込んでいる場面は、一層読者を引きつける。ホウルズワースが去って以来、落胆し続けているフィリスを見ていられず、ポールは後で自責の念に駆られることになるが、フィリスに対するホウルズワースの愛を打ち明ける。ホウルズワースの心を知ることのできたフィリスが、春を迎え、幸福感と喜びに包まれている様を、ポールは次のように追憶する。

いまでも、私には彼女の姿が目に浮かぶ。日毎に緑色が深くなっていくように見える芽ぶき始めた灰色の木の枝の下に立って、あごの下で結んだ帽子を首からたらし、両手一杯に可憐な野草を抱え、私の視線をまったく意識することなく、近くの茂みや木にとまっている小鳥のさえずりに心を奪われていた。彼女は声をふるわせ続けてさえずるわざをもっており、色々な小鳥の声に答えることができ、小鳥の歌声や習性を誰よりも正確に知っていた。前年の春には私の求めに応じて何度もしてくれたのである。この年の彼女は喜びのあまり喉をならし、口笛を吹き、声をふるわせて本当にさえずったのである。[8]

フィリスは両手一杯に花をかかえて森の中を歩きながら、鳥さながらに鳴き声の愛らしいまねをし、鳥たちに答える。周囲の自然の美しさとフィリスの愛らしさが調和して、一体となった見事な場面の一つである。この後には、自然派の詩人ワーズワス（William Wordsworth, 1770–1850）のルーシー詩篇（Lucy Poem）における「この乙女、ほむるものなく　愛するもの少なかりき」という一節が引用される。この詩の引用についてA・B・ホプキンズ（A. B. Hopkins）は、「彼女はワーズワス的な風景におけるワーズワス的な人物である」[9]と述べフィリスを 'Nature's lady' と呼んでいる。生命の新生を感じさせる春が、フィリスに生気を吹き込んでいるかのようである。

これら二つの場面は、純粋な美しさを備えたフィリスと自然が共鳴し合い、互いの存在の一部となっているかのような印象を読者に与える。A・S・ホイットフィールド（A. Stanton Whitfield）はギャスケルについて次のように述べている。

ギャスケル夫人は、秋の優しい親友となり、春の友人となる。事実、彼女は常に、目に春を抱き、秋を見つめている。ここに彼女の作品の粋を抜く本質がある。[10]

Ⅳ　ベティ

ある夏から翌々年の夏にわたる二年間の出来事であるが、後半の一年における季節の移り変わりにのせて、物語はフィリスの繊細な感受性が巧みに描き出された散文抒情詩となっている。

ホールマン夫人が家を守る存在として描かれていたように、フィリスの乳母であるベティも家を支え、フィリスを支える人物として欠かせない。ホウルズワースが静養するために初めてポールに連れられてホープ・ファームを訪れたとき、最初に対面したのはベティである。その時、ホールマン夫妻はホーンビー（Hornby）へ出かけており、ベティが留守を預かっていた。

ホウルズワースがカナダで結婚したという知らせを聞いた後、フィリスが不思議な変わり方をし、夜中に部屋を歩き回るという不可解な行動を取っていると、ベティはポールに訴える。ホールマンの家の中で、フィリスの変化について最初に口を開いたのもベティであった。ポールが、ホウルズワースはフィリスに愛を打ち明けたことは一度もないと言うが、ベティは、

「そりゃあそうです。だけど目もあるし、口もあるし、手もあるんです。口は一つだけですが目も手も二つあります」[11]

と言い返す。二人の言葉のやり取りの中で、フィリスは既に大人になっているにもかかわらず、ホールマン夫妻は未だに小さな子供のようにフィリスを思っていると機敏に判断する。ベティは学問もなく、田舎に暮らす女性であるが、鋭い洞察力を備え、率直に相手の弱点を指摘する。

フィリスが病に倒れた後、ホールマンは妻と交代で看病に明け暮れる。その状況を聞き二人の牧師がホールマン家を訪れる。フィリスを諦めるようにというロビンソン牧師（Robinson）の言葉に、ホールマンは従うことができず、その場の空気が次第に悪化する。ホールマンはロビンソン牧師の形

式的宗教を拒否するのである。その時ポールが助けを求めるのはベティであった。快活で現実的なベティは、もてなしをして牧師たちをあしらう方法を心得ていたのである。

病気が快方に向かうと、フィリスは階下へ移され、居間の窓辺へ引き寄せた長椅子に何時間も横になっている。身体は丈夫になってきているにもかかわらず、両親の愛も、自然の優しさもフィリスの元気を回復させることができない。以前、興味を示していたリボンを父親が持ってくると脇へ押しやり、物憂げに目を閉じる。大切にしていたラテン語とイタリア語の本を持ってきても、顔を壁へ向け、母親が部屋を出るとすぐ泣き始める。ホウルズワースへの思いが込められている本であった。事の次第を見て取り、ベティはフィリスに意見する。

「さあ、フィリスさん」と彼女はソファのそばに近寄りながら言った。「わたしたち、できるだけのことをあなたのためにしたのですよ。お医者さんもできるだけのことはして下さったの。わたしは、神さんもあなたのためにできるだけのことをして下さったのだと思います。あなた自身は何もなさらないけど、あなたには、もったいないほど神さんも力を尽くして下さったの。もしわたしがあなただったら、あなたを心配して見守っているお父さんやお母さんのために起き上がり、お月さんを磨いてみせますよ。もう一度元気になってみせますよ。わたしは長々とお説教をするのは好きではないのです。でも言うだけのことは言わせてもらいました」[12]

家族の一員のようにホールマン家に仕え、フィリスにとってある時は母親のような存在であるベティ。

人間味あふれるベティが、気力を失っているフィリスに生きる希望を持たせる。フィリスはベティの言葉に共感し、ポールの両親の家に二ヶ月ほど置いてくれないかと尋ねながら次のように述べ、物語の幕は閉じられる。

「少しの間だけでいいの、ポール。そしたら――わたしたち、昔のように平穏な時に戻るでしょう。そうなると分かっているの。わたし、できるわ。やってみせるわ」13

ギャスケルはここで「わたしたち」という言葉をあえて用いている。フィリスの経験した深い悲しみ、絶望感は、人間が皆いつしか何らかの形で味わい乗り越えなければならないものである。「わたしたち」という言葉によって読者に説得力を与え、読者もまた、新しい人生への出発に共感を抱くのである。

V 結び

善良で穏やかなホールマンであるが、責任感が強いあまり、家と家族を管理しようとする。フィリスを教養ある女性として愛情を注いで育てながらも、その成長を認めようとしない。父親の強すぎる権威の元で、母親のホールマン夫人は、教養の点では娘に及ばないと劣等感にかられ、父親の影のような存在になっているが、フィリスが危機に陥りそうな時には、愛情を持って支えようとする。深い家族愛の心でフィリスを育ててきた両親であったが、フィリスの愛の喪失と苦悩に気づかず、また、それを認めようとしない姿に、フィリスは孤独を見出していたのではないだろうか。そして、その満たされない思いを母なる自然に求めていたようにも思われる。フィリスが病に倒れた後、ベティの言葉に奮起し、ホープ・ファームを離れ、ポールの両親のもとで転地をはかりたいと申し出たのは意味深い。ベティに共感し、他者のもとで静養するということは、フィリスの自立への姿勢を表している。フィリスは、家族における孤独から他者への共感を経て、苦悩を越えた成長を、すなわち自立をはかっているのである。

『従妹フィリス』における主たる人物、フィリスを見守るポール、娘を愛するホールマン夫妻、家族を支えるベティ、フィリスが病に伏した時、荷車が通ることでフィリスの目を覚まさないようにと通せん坊をしていたティモシーなど、皆、人間的暖かさを持つ善意の人々である。マジョリー・ボルド（Marjory Bald）は、シャーロット・ブロンテ（Charlotte Brontë）とギャスケルを比較し「シャーロット・ブロンテはロマンスを探し求め、ギャスケルは人間の行為の美しさを探し求めた」[14]と述べている。『従妹フィリス』において、人間性の美しさは田園生活中で、一際きらめきを放っている。孤独から共感、自立へ至るフィリスを通して、苦悩を越えての人間の成長という普遍的な問題を深い洞察力をもって、ギャスケルは見事に描き出しているのである。

使用テキスト

Elizabeth Gaskell, *Cousin Phillis and Other Tales*, Oxford University Press, 1981.

作品の邦文はすべて『従妹フィリス』、『ギャスケル全集第1巻』（大阪教育図書、二〇〇〇年）松原恭子訳による。

注

（1）Arthur Pollard, *Mrs Gaskell, Novelist and Biographer*（Manchester University Press, 1965）, p.192. 邦文は拙訳による。

（2）Gerald Dewitt Sanders, Ph. D., *Elizabeth Gaskell*（New York: Russell & Russell, 1929）, p.113. 邦文は拙訳による。

（3）Chapple, J. A. V. and Arthur Pollard, eds. *The Letters of Mrs Gaskell*（Cambridge, Massachusetts: Harvard University Press, 1967）, p.541. 邦文は拙訳による。

（4）Cousin Phillis, p.346.

（5）Cousin Phillis, p.346.

（6）Cousin Phillis, p.335.

（7）Cousin Phillis, p.323.

（8）Cousin Phillis, p.327.

（9）A. B. Hopkins, *Elizabeth Gaskell, Her Life and Work*,（London: John Lehmann LTD, 1952）, p.273. 邦文は拙訳による。

（10）A. Stanton Whitfield, *Mrs Gaskell, Her Life and Work*,（London: George Routledge & Sons Ltd., 1929）, p.208. 邦文は拙訳による。

（11）Cousin Phillis, p.336.
（12）Cousin Phillis, p.354.
（13）Cousin Phillis, p.354.
（14）Marjory A. Bald, *Wemen-Writers of the Nineteen Century*,（Yew York, Russell & Rusell, 1963）, p.160. 邦文は拙訳による。

参考文献

Bald, Marjory A. *Wemen-Writers of the Nineteen Century*. New York: Russell & Rusell, 1963.

Brodetsky, Tessa. *Elizabeth Gaskell*. Oxford: Oxford University Press, 1986.

Cecil, David. *Early Victorian Novelist*. London: Constable & CO LTD, 1934.

Chapple, J. A. V. and Pollard, Arthur. eds. *The Letters of Mrs Gaskell*. Cambridge, Massachusetts: Harvard University Press, 1967.

Hopkins, A. B.. *Elizabeth Gaskell, Her Life and Work*. London: John Lehmann LTD, 1952.

Pollard, Arthur. *Mrs Gaskell, Novelist and Biographer*. Cambridge, Massachusets: Manchester University Press, 1965.

Sanders, Gerald Dewitt. *Elizabeth Gaskell*. New York : Russell & Russell, 1929.

Sharps, John Geoffrey. *Mrs. Gaskell's Observation And Invention. A Study of Her Non-Biographic Works*. Fontwell, Sussex: Linden Press, 1970.

Whitfield, A. Stanton. *Mrs Gaskell, Her Life and Work*. London: George Routledge & Sons Ltd., 1929.

Wright, Edgar. *Mrs. Gaskell, The Basis for Reassessment*. London: Oxford University Press, 1965.

妻たちと娘たち

"Oh, Molly, Molly, come and judge between us!"

【あらすじ】

ホリングフォードの医者の娘モリー・ギブスンは、幼い頃母と死別し、父と二人、心を通わせ合いながら穏やかな毎日を過ごしていた。ある時、通いの家庭教師が都合により来られなくなり、往診で留守がちな父は、自分の二人の弟子と年頃の娘が一つ屋根の下にいる状況に不安を感じ、一計を案じる。かねてより依頼を受けていたハムリー家に、病弱な夫人の話し相手としてモリーを預かってもらうことにしたのだ。ハムリー家でモリーは実の娘のような役割を果たし、楽しく有意義な時を過ごす。

モリーがハムリー家で平穏な毎日を送っている間に、父の再婚話が着々と進行していた。父の再婚を受け入れられないモリーは落胆し打ちひしがれるが、ミセス・ハムリーのやさしいいたわりやハムリー家の次男ロジャーの助言に力を得て、父の幸福のために努力しようと決意する。

けれども、自分本位な継母に家じゅうがふり回され、モリーにとって、もはや家庭はやすらぎの場所ではなくなっていた。そんな折、継母の娘シンシアが学校生活を終えてやってくる。二人は意気投合し、モリーの毎日はふたたび楽しいものとなる。

ロジャーとシンシアの婚約は、ロジャーに心を寄せていたモリーには衝撃的な出来事であったが、それぞれが大切な存在だったので、温かく見守ることを心に誓う。どこか秘密の影を持つシンシアは、数年前借金をした弱みからプレストンと婚約してしまい後悔していると、モリーに告白する。モリーの尽力でプレストンとの婚約を解消できたシンシアは、ロジャーとの婚約も解消し、結局裕福な法定弁護士ヘンダースンと結婚する。最後にモリーとロジャーの恋の始まりを予感させて、物語は幕を閉じる。

人物相関図

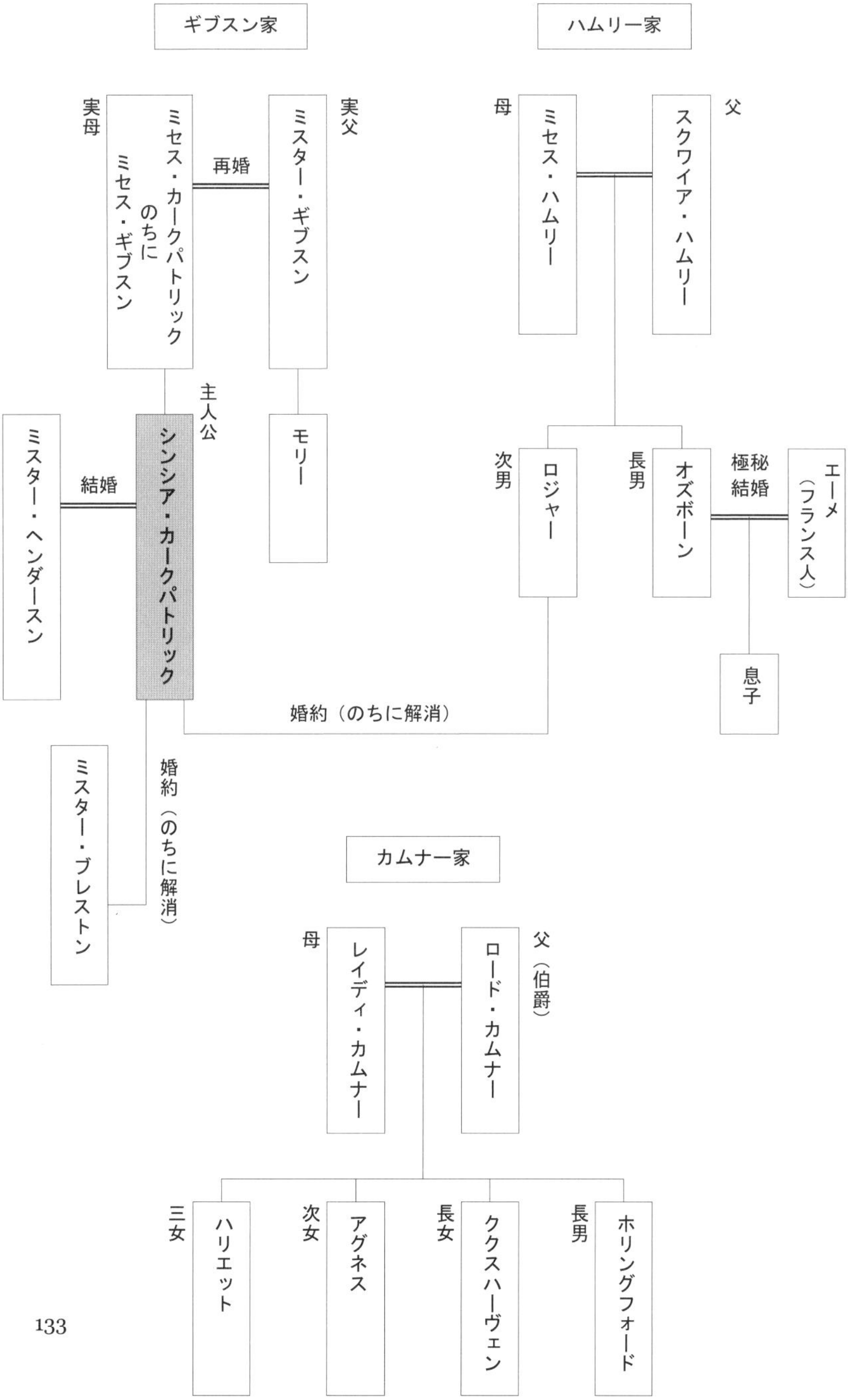
ギブスン家
実母
ミセス・カークパトリック のちに ミセス・ギブスン
再婚
実父
ミスター・ギブスン
主人公
シンシア・カークパトリック
結婚
ミスター・ヘンダースン
モリー
婚約（のちに解消）
ミスター・プレストン
ハムリー家
母
ミセス・ハムリー
父
スクワイア・ハムリー
次男
ロジャー
長男
オズボーン
極秘結婚
エーメ（フランス人）
息子
婚約（のちに解消）
カムナー家
母
レイディ・カムナー
父（伯爵）
ロード・カムナー
三女
ハリエット
次女
アグネス
長女
ククスハーヴェン
長男
ホリングフォード

『妻たちと娘たち』——ホリングフォードの小事件

中村　美絵

I　はじめに

『妻たちと娘たち』（*Wives and Daughters*）は、『コーンヒル・マガジン』（Cornhill Magazine）に一八六四年八月から一八六六年一月にかけて掲載され、一八六六年二月、スミス・エルダー社から二巻本で出版されたエリザベス・ギャスケルの長編小説である。

物語は、ホリングフォード（Hollingford）という小さな町を舞台に展開される。小さな田舎町で繰り広げられる悲喜こもごもの人間模様。多彩な登場人物たちが織りなす人間ドラマは、ある時は悲劇、そしてまたある時は喜劇の様相を呈して、みごとにつづりあげられている。ここでは、ヒロイン、モリー（Molly）の心の軌跡に焦点をあてながら、『妻たちと娘たち』を考察していきたい。

Ⅱ 少女の目覚め

この作品は、一人の少女が、朝、目覚めるシーンで幕をあける。一二歳の少女モリーは、はやる気持ちをおさえられない。今日は、伯爵家で催される園遊会の当日なのだ。

モリーはそれまで、父であるミスター・ギブスン（Mr. Gibson）と二人、穏やかに心を通わせあう静かな毎日を過ごしていた。母が亡くなったとき、モリーはまだ三歳だったので、モリーはそのことを明確に認識することができなかった。そのためこの園遊会が、モリーのそれまでの人生のなかで、一番の大事件であり、大冒険なのであった。モリーは父といっしょにいたときに、偶然ロード・カムナー（Lord Cumnor）に出会い、年に一度の園遊会に招待される。そして自分の意志で出席しようと決意する。このとき、モリーの心は外の世界へと向いている。まだ見ぬ未知の世界への期待に胸をふくらませている。おそらくそれまでは、これほど自分の意志をもって行動を起こすことはなく、安全な囲いのなかにいて、深く意識することもなく穏やかな日常を送っていたのであろう。

園遊会でモリーは、炎天下の庭園を歩き回って頭痛に見舞われ、ベッドで休ませてもらうことになる。起こしてくれることになっていたミセス・カークパトリック（Mrs. Kirkpatrick）はそのことをすっかり忘れてしまい、いっしょに帰宅するはずだった二人の知人も二台の馬車に分乗することになったため、それぞれがモリーは別の馬車に乗ったものと思い込んでしまう。こうした不運が重なって、モリーは屋敷に取り残され、心細い思いをすることになる。

結果的にはつらい体験となってしまうのであるが、モリーはこの冒険を通して外の世界のなかの自分を、孤独な自分を見つめることができるのである。自分を包み込んでいてくれた家庭という安全な囲いのなかから飛び立って、外の世界を見聞きし体験し、そして孤独のなかに自己を認識する。ささやかなこの冒険は、内面的成長の第一段階として心に刻み込まれるのである。これは少女の通過儀礼であり、内面的な目覚め、自我の目覚めとなったのであった。

Ⅲ 「灼熱の太陽」と「夜の闇」の描写

園遊会という冒険、この新しい世界は、モリーを受け入れてはくれず、どこかよそよそしい表情を見せる。暑苦しい温室を逃れ、さわやかな空気のなか、一人庭園を歩き回っているうちはよかったが、いつしか迷子になってしまい、ようしゃなく照りつける太陽で頭が痛くなってくる。太陽の光は、通常、人々に希望を与え明るい未来を指し示してくれるものであるが、光が強すぎたり気温が高くなりすぎたりすると、精神的にも肉体的にも人を痛めつけ打ちのめす武器へと変貌する。この場面でも、強烈な太陽光は、モリーの冒険が無事に終わりそうもないことを暗示しているように思われる。

父が娘に再婚のことを打ち明ける場面でも同様に、暑苦しい気候の描写が効果的に用いられている。

すごく暑い夏の朝でした。シャツ姿の男たちが畑で早生《わせ》のカラス麦の刈り入れをしていました。ミスター・ギブスンはゆっくりと道に沿って馬を進めていきました。高い生垣越しに男たちが見えました。規則正しく刈られていく丈の高い麦の束が倒れる、気持ちを和ませる音すら聞こえてきました。農夫たちは、あまりの暑さに、しゃべる気も起こらないようでした。農夫たちの上着や弁当入れの缶を見張っている犬がニレの木の向こう側で、はーはーとあえぎながら横たわっていました。（第10章）

これは、ハムリー邸（Hamley）に滞在している娘のモリーに再婚のことを打ち明けようと、ミスター・ギブスンが馬を走らせてやってくるシーンである。じりじりと照りつける太陽。気温が上昇し、やりきれない暑さが襲ってくるさまがよく表されている。父は娘が庭に出ていることを予想していたが、「……今戸外にいるのはあまりに暑く、太陽がまぶしかったので、戻ってきていて客間の開いた窓辺」にいるのである。そして「暑さにまいって」「眠り込んで」いるのである。

父が再婚すること、そしてその相手がミセス・カークパトリックであるということは、モリーにとってあまりにも大きな衝撃であった。父から再婚相手の名を告げられたとき、モリーは「嫌悪」や「憤怒」など「胸のなかで煮えたぎっているあらゆる激情」がほとばしり出ることを恐れ無言のままである。その再婚は何の相談もなく父の独断で決められ、しかもその相手は、よりによってあのミセス・カークパトリック、その人だったのである。あの忘れもしない園遊会の日に出会い、モリーに好ましくない印象を与えた人物だったのだ。

灼熱する太陽光は、いやがうえにも焦燥感や不安感をあおり、そこにやすらぎや明るいきざしは感じられない。ここでも情景描写は象徴的に用いられ、モリーの憤りやいら立ち、悲しみや不安感を暗示し、「危機」という第一〇章のタイトルにふさわしい舞台を提供している。

自然は、ある時には牙をむいて襲いかかり、またある時にはやさしい表情を見せて、人々の心にやすらぎを与える。

ここに、モリーの心がやすらぎを感じている場面を引用してみよう。

モリーはまず、外には何が見えるのかしら、と窓辺に寄りました。真下には花壇があります。真向こうには刈り入れを待つばかりに伸びた牧草地がずっと遠くまで広がっており、そよ風が吹きわたると大波のうねりのように色を変えました。少し横手には大きな古い森の木々が見え、その向こうには窓敷居の横にぴったり寄って立つか、窓が開いていたら首を外に出すかすれば、四分の一マイルほど先にきらきら銀色に輝く湖が見えました。窓に向かって森と湖の反対側の景色は、広く散在している農場の建物の古壁や高くとがった屋根と境を接していました。爽快な初夏の静けさを破るものは小鳥たちの歌声と、もっと近くにいるミツバチの羽音だけでした。（第6章）

病弱なミセス・ハムリー（Mrs. Hamley）の話し相手になってほしいというハムリー家の要望と、娘を自分の二人の弟子から引き離しておきたいという父の希望とが折り合い、モリーはハムリー家にしばらく滞在することになる。モリーのために用意された部屋の内部も、部屋の窓からの眺めも、やさしい印象でモリーを迎えてくれる。さらに部屋の棚には「ポプリがいっぱい入ったインド製の壷」が置いてあり、「開いた窓の外に這いのぼっているスイカズラ」とともに、「えもいえぬかぐわしい香り」を部屋じゅうにあふれさせている。この場面では、自然をこよなく愛するモリーの心が、やすらぎや喜びや希望に満たされていくのを感じとることができる。これからこのハムリー家で心豊かな充実した時間が始まることを予感させる場面となっている。

夜ふけにモリーは窓から外を眺め、スイカズラの夜の香りをかぎながら、闇に目を凝らす。深い闇はすべてをおおい隠している。けれどもモリーは、まるで見ているかのようにはっきりと風景を感じとっている。視覚的にではなく、心の目で風景を映しとっているのである。ここにモリーのみずみずしい感性が描出されている。夜の闇の描写は、通常、不安や恐れなどを象徴する場合のほうが多いものと思われるが、この場面においては、夜はやすらぎを与え希望を生み出すもの、明日に続く扉、希望に燃える未来への入り口として描かれているのである。

同様に、夜の闇に喜びを感じさせる描写がほかにも見られる。

モリーが園遊会で置いてきぼりにされた日の晩、心配して迎えにきてくれた父とともに家に帰っていくシーンである。

「モリー、もうすぐ森の暗がりに入る。ここを速く走らせると危ない」

「ああ！　お父さま、生まれて今まででこんなにうれしかったことはないわ。火のついたろうそくがろうそく消しを載せられようとしている、そんな気持ちだったの」

「そうかい？　でもろうそくの気持ちがどうやって分かるのだい？」

「あら、分からないけれど、でもそう感じたの」そして、しばらく黙ったあとモリーは再びこう言いました。「外に出られて本当にうれしい。外の自由で新鮮な空気のなかを走るのは本当にいい気持ち。露のおいた草からこんなにいい香りがしてくるのですもの。お父さま、そこにいるの？　見えないわ」

ミスター・ギブスンは馬をモリーのすぐそばに近づけ、並んで進みました。真っ暗な森のなかを進むのはモリーには怖いだろうと、ミスター・ギブスンはモリーの手をとりました。

「まあ、お父さまの手を握っていられるのは本当にうれしい」モリーは父親の手をぎゅーっと握りました。（第2章）

迎えにきてくれた父と、二人それぞれ馬に乗り連れ立っていく森のなか、モリーの飛翔感は高まっていく。無邪気な少女の素直な喜びが伝わってくる。ハムリー家での場面と同様、モリーは暗闇のなかであふれんばかりの喜びにひたっている。光のない夜の闇のなか、モリーの心は明るく照らし出され輝いているのである。さらに視覚的な描写のできないこうした場面で、ギャスケルは「香り」を効果的に用い臨場感を高めている。ハムリー家の場面ではスイカズラの夜の香りが、そして森のなかの場面では露のおいた草から、すばらしい香りが立ちのぼっている。人の内面を光輝くように浮きたたせるには、夜の場面、闇のなかでの描写のほうが、明るい陽光のなかよりずっと効果的であると言えるだろう。『妻たちと娘たち』のなかで、ギャスケルの象徴的表現は、わざとらしさをみじんも感じさせず、実にさりげなく自然に用いられているのである。

Ⅳ 響き合う心

アーサー・ポラード（Arthur Pollard）がその著書のなかで指摘しているように、[1] エリザベス・ギャスケルの著作傾向が「心理小説」の方向へと進んでいっていることは、『妻たちと娘たち』を見ると明らかである。多種多様な作品を書き、作家自身も多くのことを見聞きし経験を重ねていって、ついに到達した境地なのであろう。人の心を描くこと、内面世界を描出することが、最終的にギャスケルの執筆の目的となっていったものと思われる。

この作品では、多くの登場人物たちの心の動きが的確にとらえられ、それぞれの心理状態がよく描き込まれている。

主人公のモリーは、さまざまな出来事に遭遇する。また、多くの人々との出会いを体験する。モリーは、そうした出来事を通して、また多くの人々との交流を通して成長していく。人々との触れ合いは、ある時は慰めや喜びとなり、それを励みとして困難に立ち向かうことができたり、またある時は、怒りや失望や悲しみを感じ、それをバネにして飛躍することができたりする。人々との出会いが、モリーにどのような影響を与えたのか、モリーの成長過程を追いつつ検証していきたい。

父から再婚の話を聞かされた日、モリーがシダレトネリコにおおわれたベンチで泣いているところに、昼食に帰る途中のロジャー・ハムリー（Roger Hamley）が通りかかる。ロジャーはモリーに、自分のことより他人のことを考えるよう、人の悪い面を見て速断しないよう、やさしく教えさとす。また、ミセス・ハムリーも思いやり深くモリーの話を聞いてくれる。モリーはロジャーの言葉に従って、自分の幸福よりも父の幸福を考えようと心に決める。

しかし、価値観のまったく違う継母といっしょに暮らすことは、モリーにとってなかなか骨の折れることであった。再婚した夫婦が一週間の旅行を終え帰宅した日、ミスター・ギブスンは、患者が危篤状態におちいったため、すぐさま患者の家へとかけつける。モリーは継母に呼ばれて二階の部屋に行く。その場面を引用してみよう。

「ねえ、あなた、慣れていないこの家ではとても寂しいの。一緒に荷物を解くのを手伝って。あなたの大切なお父さまは今日の夕方だけでもミスター・クレインヴン・スミスの往診を延ばせたのじゃないかしらと思うのだけれど」

「クレインヴン・スミスさんは死ぬのを延期できないでしょう」とモリーはずばっと言いました。「ひょうきんな子！」とミセス・ギブスンはかすかにほほ笑みながら言いました。「でも、もしこのミスター・スミスがあなたの言うように死にかかっているのなら、お父さまがこんなに急いで行って何の役に立つの？　何か遺産か、そんなものを期待しているの？」

モリーは何か不愉快なことを言いそうになるのを抑えるために唇をかみました。そしてただこう答えました。

「スミスさんが亡くなりそうかどうか、はっきりは知りません。使いの者がそう言ったのです。父は最期の苦しみを和らげてあげるためにできることも時にはあるのです。何にせよ、父がいることが家族にとっていつも慰めになるのです」

「あなたの年ごろの娘にしては死について暗い面を何ていろいろ知っているのだこと！　お父さまの仕事についてこれらのことをすべて詳しく聞いていたら、本当にこの人と結婚しようと思ったかどうか！」

「父が人を病気にしたり、死なせたりするのではありません。そうならないように最善を尽くしているのです。父がしたり、しようと努めていることは、考えると、とても立派なことだと思います。人々が父を待ち構えている様子や出迎える様子をご覧になったら、あなたもそうお考えになるでしょう」（第15章）

モリーが父の仕事をよく理解し、医者という職業に敬意を払っているのに対して、ミセス・ギブスンのほうは、自分の都合だけを考え、夫の仕事を理解しようともしていないことがよくわかる。さらに、モリーは辛抱し、ただ従うばかりではなく、主張すべきことははっきり主張するヒロインであることが見てとれる。やがてミセス・ギブスンは、とんでもない提案をしてモリーを驚かせる。

「……まずこの客間を全部模様替えしなくては。それからあの子のお部屋の内装とあなたのお部屋の内装をそっくり同じにするつもりよ。廊下の反対側にあるだけで、同じ大きさだし」

「あの部屋を模様替えなさるおつもりですか」とモリーは限りなく続く変化に驚いてききました。

「そうですよ。そしてあなたのお部屋もね。だから妬かないでね」

「お母さま、わたしの部屋はやめてください」とモリーは初めてその考えが分かって言いました。

「いいえ。あなたのお部屋も同じようにさせてもらうわ。かわいいフランス・ベッド、新しい壁紙、美しいじゅうたん、化粧仕上げした鏡台。これであのお部屋はすっかり見違えるようになるでしょう」

「でも、わたしは見違えるようになってもらいたくありません。今のままが好きなの。お願い、どうか何もしないで」（第16章）

ミセス・ギブスンは、フランスでの学校教育を終えてやってくるシンシア（Cynthia）のために部屋を用意するにあたって、モリーの部屋も同じように改装するというのだ。それは、自分の子どもだけかわいがって夫の子どもをないがしろにしていると、周囲の人たちに思われたくないからであった。モリーは、多少気がひけながらも、これなら通るだろうと思われる言葉を口にする。部屋の家具が亡き母の形見であるという理由を述べて自分の部屋はそのままにしてほしいと頼み込んだのである。けれどもミセス・ギブスンは聞き入れてはくれず、モリーの母の大切な遺品は、とうとう物置小屋行きとなってしまったのだった。こうして家のなかの様子もすっかり変わり、長年つかえてきてくれた召使もやめさせられたり、方針が合わずやめていったりし、モリーにとって家庭はひどくいごこちの悪い場所になってしまう。

やがてミセス・ギブスンの娘シンシアが学校教育を終えてギブスン家にやってくる。悩み多き日々を過ごしていたモリーにとって、シンシアの存在は何よりの慰めとなった。大好きなミセス・ハムリーが亡くなり、モリーが一人悲しみにくれていると、シンシアが静かに入ってきて、モリーの冷えた指をさすり、「心からあの方を愛していたのね、モリー?」（第19章）とやさしく声をかける。そして、自分もモリーのように人を愛することができたらいいのに、自分は人をあまり好きになれないようだからと言う。シンシアは幼い頃に父を亡くし、母親が家庭教師に出たり、のちにはアシュコムで小さな学校の経営にたずさわったりしたため、四歳の時から学校に入れられる。いっしょにいられるはずの休暇中でさえ、母は元家庭教師をしていたカムナー邸など豪壮な大邸宅に滞在し、娘と過ごそうとはしない。こうした境遇のためか、母から受け継いだ性質なのか、シンシアは深く人を愛することのできない人間になってしまっていた。けれどもモリーに対しては初対面から好意を抱き、二人の心は姉妹というよりはむしろ友人といったような関係で結ばれていくこととなる。モリーの話を共感をもって聞いてくれ、父の再婚に対して、どうして「反抗という具体的手段に訴えないのか（第19章）」と言うこともあったほどだった。こうしてモリーは、父の再婚に際して、シンシアの存在に救いを見い出すことができたのである。

V　孤独な魂

第三四章の冒頭のシーンで、モリーはいつものコースを散歩している。「同居している人たちのなかで正義から少し逸脱していると思われることがあった場合、家庭の平和のためにどの程度まで何も言わずに見過ごしていて正しいのか」と考えながら……。父娘の信頼関係はゆるぎないものと信じながらも、以前のように自由に話し合ったり散歩したりする機会がなくなってしまったことを、モリーは悲しく思っていた。

重苦しい悔しさや当惑のさなかにモリーが視線をあげると、土手の生垣には、真紅の野バラの実や緑や赤褐色の葉の群れの間に熟したクロイチゴの実が鈴なりになっている光景が目に入りました。モリー自身は大してクロイチゴは好きではありませんでしたが、シンシアが好きだと言うのを聞いていました。その上、登ってクロイチゴを摘むのも魅力的でした。そこで悩みはすっかり忘れて土手をよじ登り、とても手が届きそうに思えないクロイチゴをつかみとり、意気揚々として滑りおり、かごの代わりになる大きな葉っぱのところへ持っていきました。（第34章）

自然によって心が癒されていくモリーの様子が描写されている。豊かな自然にはぐくまれ成長したモリーは、苦しみや悲しみのさなかにあっても、自然から「癒し」をもらうことができたのである。このあと帰宅したモリーは、ミセス・ギブスンから客間に入らないように注意を受ける。ロジャー・

ハムリーとシンシアが二人きりで客間にいて、ミセス・ギブスンは、どうやらプロポーズの気配を感じとっているもようである。

しばらくの間、モリーの頭のなかはあまりにひどく渦巻いており、死んでしまっているように意志のないまま岩や石や木々とともに地球の毎日の運行に従って流されているということ以外、何も理解できませんでした。それから部屋が息苦しくなったので、本能的に、開いている両開き窓のところへ行き、身を乗り出して、あえぎながら呼吸しました。次第に、穏やかな平和な景色に目がいき、ぐるぐる渦巻き混乱を極めていた頭は落ち着いていきました。そこには、ほとんど水平に傾いている秋の日差しを浴びて、子供時分から知り愛してきた風景が広がっていました。そこは、幾世代にもわたって一日のこの時刻にそうであったように、穏やかな、低くぶーんという生の営みの音に満ちていました。秋の草花が下の庭で輝いています。（第34章）

ロジャーがシンシアにプロポーズすることを予感し動揺したモリーの心が、ここでもまた、自然の持つ回復力や治癒力に癒されていくさまがうかがわれる。いつしかロジャーに心を寄せるようになっていたモリーだったが、ともに大事な存在である二人のために、二人の恋を応援することを心に決める。

けれどもシンシアには、いつも何か秘密の影がつきまとっていた。ある日モリーは、ロード・カムナーの土地管理人ミスター・プレストン（Mr. Preston）とシンシアが会っているところを偶然目撃し、シンシアから秘密を打ち明けられることになる。

　数年前、ドレスを買うお金のなかったシンシアは、プレストンから二〇ポンドの借金をしてしまい、その弱みもあってプレストンの求婚に応じてしまう。その後シンシアは婚約したことを後悔し、借金を返済して婚約を解消したいと願っている。しかしプレストンは、シンシアの七通の手紙をたてにおどしをかけ、結婚を強要する。モリーはシンシアに、口外しないことと、解決するために力を貸すことを約束する。プレストンとの話し合いで、モリーの巧みな駆け引きが効を奏し、シンシアのもとに例の手紙が送り返されてくる。モリーは、シンシアから預かった返済金を、機会を見つけてプレストンに手わたす。これで一件落着と思った矢先、モリーの恋のうわさが広まる。話し合いをしているところと、返済金を手わたすところを目撃した者がいたからだ。プレストンとの恋のうわさがホリングフォードじゅうに広まり、その矢面に立たされるモリー……。シンシアのことを考えると真実を言うことはできない。だが黙っていれば自分の名誉に傷がつき、いわれのない中傷に苦しめられることになる。だがモリーは、あえてシンシアを傷つけず自分自身が傷つく道を選ぶ。真実でないうわさは、根拠のないうわさは、いずれ下火になるだろう。だから今はただ黙ってやりすごせばいいのだ。すべては時が解決してくれるだろう。言い訳をする必要も取り繕う必要もない。まぎれもない真実がそこにはあるのだから……。おそらくモリーはこうした心境に到達していたのであろう。誹謗されることも中傷されることもいとわない孤高の精神に、そしてその強い信念に、モリーの人間的成長を見ることができる。

　ただこれほどのモリーの苦労を考えると、シンシアの態度はそっけないもののように感じられる。

もちろん深く感謝し、言葉でそれを伝えてはくれるのだが、モリーがどれほど犠牲を払ったか、どれほど苦悩の日々を送ったか、思い至ることはないようである。けれども、だからといってモリーがそのことをうらむ様子は見られない。これはモリーの愛情深い性質や精神の高邁さを示しているのであるが、それにもましてシンシアがモリーにとってどれほど大切な存在であったかを示していると思われる。父の再婚でモリーがこうむった痛手は大きかった。今まで一人じめにしていた父の愛情が遠のいてしまったような感覚。心のなかにぽっかりあいてしまった空洞。胸にくいいるような寂しさ。いいしれない孤独感。その心の空白をうめ、耐えがたい失意の日々を明るいものにしてくれたのがシンシアだったのである。

シンシアは、自分でも言っているように、深く人を愛することができず、人から愛されることに喜びを感じるたちである。プレストン及びロジャーとの婚約とその後の婚約解消。二度にわたる婚約と婚約解消はそのことを如実に表している。愛の本質も愛することの責任もまったく理解していない、美人で人は悪くないが、どこか浅薄な人物である。

ロジャーはモリーのことを、ほんの子どものように思い、妹のような存在だと考えてきたのだが、だんだん異性として見るようになっていく。

ギャスケルの突然の死により、あと一章というところで残念ながら未完に終わってしまった作品であるが、巻末の編集者の言葉にもあるように、モリーとロジャーがいずれ結ばれることは明白である。

ここで、二人が心を通わせ合う場面をのぞいてみよう。科学研究の旅に出立する日、ロジャーは、しばしの別れを告げるためギブスン家のそばまでやってくる。ロジャーの投げキスに気づいたモリーはそれに応じる。そのあとミセス・ギブスンが窓の中央部分を占領してしまったため、モリーはあちこちからのぞき見をするだけだったが、ロジャーがこちらの動きにあわせているような気配を感じとる。

ミセス・ギブスンがとうとう退いたので、モリーは静かに移動してミセス・ギブスンのいたところに行き、道路が曲がっているためロジャーの姿が視界から見えなくなる前にもう一度その姿を見ました。ロジャーもまたミスター・ギブスンの家がどこで最後に見えなくなるのか知っていて、もう一度振り返って白いハンカチを空中に振りました。モリーは自分の白いハンカチが見えるように熱烈な願いを込めて、高く振りました。その時にロジャーはもう立ち去っていました。モリーはウーステッド刺繍に戻りましたが、幸せになり、顔がほてり、悲しくて、満ち足りて、そして密かに思ったのです。友達関係って何て麗しいのだろうと。（第６０章）

Ⅵ　おわりに

以上、主だった経験や出会いを通してモリーの心情を探ってきたが、実際にはこのほかにも数々のエピソードがあり、多くの登場人物それぞれの心情や性格などが克明に描写されている。自然描写、情景描写においても、登場人物の心情が投影されていたり運命が暗示されていたりし、ギャスケル持ち前の卓越した描写力が存分に発揮されている。しかし、この作品において、なんといっても圧倒的に力点が置かれているのは人物描写である。その巧みな人物描写は、表面的な観察のみならず、人々の内面世界にまで切り込んでいって、心の深奥までをもあぶり出していく。画一的でない多くの個性的な人物を登場させ、時折ユーモアを織りまぜながら、あまり深刻になりすぎない筆致で描きあげている。

副題に「日々の生活の物語」(An Every-Day Story)とあるように、『妻たちと娘たち』には、作品の舞台となっているホリングフォードの人々の日々の生活が描かれ、大事件こそ起こらないが、しじゅうどこかで何かしら小さな事件が起きている。あちこちで一悶着起こり、泣いたり笑ったり怒ったり、みな大忙しである。また、会話体の部分も多く、作家が読者に主張を押しつけるのではなく、会話のやりとりから、読者自身が判断したり想像をふくらませていくことができるようになっている。

小さな田舎町ホリングフォードは自浄作用を持っているようで、一方でうわさを広める者があれば、他方で真偽を確かめる者が現れてうわさを根絶する。どこからか湧き出してきた流言も、賢明な人間の手で真実があばかれ、おのずと鎮静化していくのである。モリーの場合は、カムナー伯爵の末娘レイディ・ハリエット(Lady Harriet)が大いに力を発揮する。レイディ・ハリエットは、モリーを野生の子と称し、大いに見どころがあると気に入ってくれており、事実を確かめ機転をきかせて解決の糸口を作ってくれる。かくて、モリーが覚悟を決めていたように、みながうわさにあきて自然消滅するのを待つまでもなく、早々と問題は解決し、モリーは無責任な流言から解放されたのであった。

最初は、はなはだしく不協和音を奏でていたギブスン一家であったが、最終章では何かしら不思議な調和が生まれているように感じられる。価値観の違い、生き方の違いは、さまざまなあつれきを生み出すものだが、そうした問題をすべて乗り越え、それぞれの存在を尊重し合うことができたとき、また新たな道が開けていくものなのであろう。

使用テキスト

Ward, A.W., ed. *The Works of Mrs. Gaskell.* 8vols. Knutsford Edition, 1960; rpt. New York : AMS Press, 1972

翻訳は、東郷秀光・足立万寿子訳『妻たちと娘たち—日々の生活の物語—』(『ギャスケル全集第6巻』、大阪教育図書、二〇〇六年)を使用させていただいた。原作の持ち味を十二分に伝えているすばらしい訳なので、できるだけ多く引用するようにした。引用したい部分はほかにも多々あった。ぜんぶ紹介しきれなかったのが心残りである。

注

(1) Arthur Pollard, *Mrs Gaskell: Novelist and Biographer.* (Cambridge. Massachusetts: Harvard UP, 1965), p.260

『ルース』、『アダム・ビード』、及び『ダーバーヴィル家のテス』
——三人の堕ちた女と時代精神——

ジェイムズ　治美

これはエリザベス・ギャスケルの『ルース』、ジョージ・エリオットの『アダム・ビード』、及びトマス・ハーディの『ダーバーヴィル家のテス』のそれぞれの堕ちた女、ルース、ヘティ、テスという登場人物、彼女たちの置かれた情況、それらと他者との相互関係等を考察するものである。それによって、三作家の特質、目的を知ることになるだけでなく、ヴィクトリア朝の時代精神にも触れることになるというのが、本章の主旨である。

ギャスケルは『ルース』において、ヴィクトリア朝独特の厳格な道徳規範を遵守する「慣習」よりももっと重要な「良心」の自由によって、堕ちたルースを救い、再生させる必要性を主張した。ギャスケルが信奉するユニテリアン派が依拠するのは、「教義に固執するよりも、良心に問え」であった。この指針を物語の骨格とし、牧師であるベンスン氏が嘘をついてまでルースを守り再生させ、ルースを「聖母」と言えるほどに、高い精神性から香気を放つまでに、昇華させる過程を描出した。ギャスケルの言う真の美徳とは、なにげない日常の中で人知れず静かにこつこつと「哀れみの情」、「愛」、「優しさ」、「共感」を生きていくことであり、その哲学を、ルースやベンスン兄妹に結晶させたものが『ルース』である。

エリオットはギャスケルと異なり、深く信じていたキリスト教を棄教し、実証主義の方へ傾いた。「大自然は人間のことなどに心を配ってくれないし、気がついてもいない」と考えるエリオットが信じるのは、人間の繋がり、人の「愛」である。一見宗教色の強い『アダム・ビード』の中で、堕ちたヘティを救うのは神というよりも、ヘティを取り巻く網の目のような関係を結んだ人間、その人間の「愛」、「共感」であることを示した。他者の窮境を察する力は「感情」にあり、エリオットが崇拝するフォイエルバッハの説く「苦悩し、情感し、愛する神」、つまり「愛」の神という概念を、もう一人の主人公、ダイナ・モリスに吹き込んだ。エリオットはヘティを成長させはしなかったが、彼女を取り巻く人間たちを「悲しみ」や「苦悩」を通して、より大きな人間存在へと高めた。

ハーディのテスは、ルースやヘティに比べるともっと複雑で、現代的で、進歩的な堕ちた女である。テスの苦悩や痛みや不安は、もっと幅広い、存在論的様相を呈する。苦悩や不安の解決を求めてキリスト教と、エンジェル・クレアの影響の下でのヘレニズムとの間で振り回されるが、答えが見つからないまま死ぬ。科学や医学が進歩し、神の存在を失った時代の苦悩が、ハーディの「モダニズムの痛み」という表現となって、この時代を鏡に映し出す。テスの苦しみは、ハーディのものであり、同時代人のものでもあった。

1956) II, 153; hereafter cited as *GEL.*

7. Ludwig Feuerbach, *The Essence of Christianity*, translated by George Eliot (New York, 1957), p.48; hereafter cited as *EC.*
8. George Eliot, *Adam Bede*, first published 1859, edited by Robert Speaight (London and New York, 1960), pp.488-9; hereafter cited as *AB.*
9. Florence Emily Hardy, *The Life of Thomas Hardy* (London, 1962), p.333; hereafter cited as *LTH.*
10. For this see *Elizabeth Gaskell, The Critical Heritage*, edited by Angus Easson (London and New York, 1991), pp.200-329; hereafter cited as *EGCH.*
11. Winifred Gérin's reference to Gaskell's excessive religiosity is true, but in my view that is only half the truth : 'Understandably, *Ruth* remains the least acceptable of Mrs. Gaskell's books to the modern reader ; the deep religiosity of its tone is too emphatic for the modern taste', Winifred Gerin, *Elizabeth Gaskell* (Oxford, 1977) pp.130-1.
12. Millard, p.8.
13. Millard, p.6.
14. Plato, *Symposium*, 210d-212c.
15. '...he was so delighted with the presentation of Dinah and so convinced that the readers' interest would centre in her, that he wanted her to be the principal figure at the last. I accepted the idea at once,...', *GEL.* II, 503.
16. Thomas Hardy, *Tess of the d'Urbervilles*, The New Wessex Edition, first published 1891 (London, 1974), p.130 ; hereafter cited as *Td.*
17. Much earlier than the time of writing *Tess of the d'Urbervilles*, Hardy already showed a precocious apprehension of physical deterioration with time. In his notebook dated May 1870, he records that 'A sweet face is a page of sadness to a man over 30- the raw material of a corpse', *The Personal Notebook of Thomas Hardy*, edited by Richard H. Taylor (London & Basingstoke, 1979), p.4.
18. Thomas Hardy may be influenced on this point by Matthew Arnold. See Matthew Arnold, 'Spinoza and the Bible', in *Essays in Criticism, First Series* edited by Thomas Marion Hoctor, first published 1865 (Chicago and London, 1968), p.199 : 'Joy is man's passage to a greater perfection....Sorrow is man's passage to a lesser perfection'.

‘unconscious’, so that for her the paramount importance in life is to be given to a helpful and loving human network. Eliot elaborates on the notion towards the end of her story through the Reverend Irwine: ‘Men’s lives are as thoroughly blended with each other as the air they breathe’ (*AB*, 407). In the harsh environment where, by scientific discoveries in the nineteenth century, God is dead, Eliot has, nonetheless, succeeded in establishing her faith in th new religion of Love.

Hardy, on the other hand, continues to wrestle with the universe, groping in vain for a new psychological haven, and in the course of that struggle he creates characters who show a total commitment to living their lives with the utmost passion and intensity. Since Hardy can find no solace in a scientific age, his only substantial success is his writings about that sincere wrestle, resulting in his creation of those unforgettable characters.

Notes

1. Kay Millard, ‘The Religion of Elizabeth Gaskell’, *The Gaskell Society Journal*, 15 (2001), 1.
2. Elizabeth Gaskell, *The Letters of Mrs.Gaskell*, edited by J. A. V. Chapple and Arthur Pollard (Manchester, 1966), p.220; hereafter cited as *GL*.
3. Elizabeth Gaskell, *Ruth*, first published 1853, edited by Alan Shelston (Oxford and New York, 1985), p.277; hereafter cited as *R*.
4. There are some critics who have mentioned the excessive religious tone in Adam Bede: Hazel T. Martin, *Petticoat Rebels* (New York, 1968), p.46, Bernard J. Paris, *Experiments in Life* (Detroit, 1965), p.103, Joan Bennett, George Eliot: *Her Mind and Her Art* (Cambridge, 1966), p.108.
5. Paris, *Experiments in Life*, p.13.
6. George Eliot, *The George Eliot Letters*, edited by Gordon S. Haight (London,

mixing of metaphors is a clear sign of Hardy's anguish in trying to resolve the conflicting demands of Christianity, Hellenism and scientific logic. Neither Tess, Angel nor Hardy commit themselves to any of them, instead wandering psychologically in a world of anxiety, in other words, in 'the ache of Modernism'.

5. Conclusion

Mr Benson, as a paragon of virtue, is most touchingly presented in Ruth. In Gaskell's view, a self-seeking attitude of mind is the first thing to be eliminated in life. The author's recommendation is that virtue should be 'pure, simple, and unconscious of its own existence' (*R*, 103), and it is Mr Benson and Faith who put it into practice. It is not, therefore, appropriate to refer to their admirable deeds as the formal appellation such as 'altruism'. Their manner is a continuous, quiet, subdued and cheerful daily round of 'self-denials'. Ruth follows their examples 'silently', a way of life which culminates in her ultimate self-denial in the typhus ward. 'True beauty and love' are to be found in their daily round and not on the high altar of worship, and the true beauty of Gaskell's writing is to be found in the illustration of that philosophy.

More often than not Gaskell sees the eternity in Nature: 'everlasting hills', mountains 'solemnly watching for the end of Earth and Time', 'the mountain top sprang into heaven, and bathed in the presence of the shadow of God' and the waves of 'the eternal moan'. Gaskell and her creatures are a peace, immersed in an assured sense of eternity.

We have already seen Eliot's view of Nature as 'unmindful' and

Here, Tess's unconsciousness of time and space is indicative of her total immersion in the present, and of the Bergsonian 'eternal flow' of a timeless 'now', although she does not herself internalise the experience that far. The moment itself is complete and comprises every element of happiness. Her 'exaltation' is both physical and spiritual. It is rendered as a complete universe where sounds, colours, senses and emotions are all harmoniously blended, creating a perfect moment of bliss. The reluctance of the 'weed-flowers' to 'close for intentness' is a succinct metaphor for Tess's wish that this happiest moment should be everlasting. At Branshurst Court in the New Forest where Tess and Angel are fugitives, she says to him, '" Don't think of what's past!... I am not going to think outside of now"' (*Td*, 365). 'Now' at that moment she is happiest with 'all that is sweet and lovely'. Even Stonehenge is a 'happy-house' to her, illustrating how intensely she enjoys her brief momentary 'now' in that spot.

Despite all this mental adjustment, Tess dies without any religious or philosophical conviction, hence without any inner peace. Tess is once influenced by Angel's Pagan, Hellenistic faith, but only swayed between Christianity and Hellenism. Even in the final scene at Stonehenge her mind has not been saved from the anguished desire for the everlasting continuation of the blissful two-in-oneness with Angel. '"Tell me now, Angel, do you think we shall meet again after we are dead? I want to know"' (*Td*, 370). This is her most crucial question, whether they shall see each other as 'spirits' in the Elysian Fields. To this, Angel can give her no answer, remaining agnostic. Instead of the Elysian Fields, Heaven may be suggested. It is ambiguous to the reader: although she feels at home in the Pagan seat of Stonehenge, still a Christian simile is directed to Angel as 'Like a greater than himself', namely Jesus Christ. This

of humanism, and behind the author's overpowering pessimistic impressions there hides this unmistakable defiant voice raised against the oppression of the laws of Nature. In other words, the universe can exist only through the mind, can only be grasped psychologically, and are not absolute and objective entities detached from human beings.

Secondly Hardy gives Tess the opportunity of rejoicing in the present. Indeed, she is endowed with exceptional vitality as a symbol of moment-to-moment living. The intensity of her joy of life is presented with dramatic effect as a contrast with her fear of death and time. There lurks i her an urgency to live by instinct , solely in search of delight. Again and again Hardy repeats in the text this same pursuit of joy in life which Spinoza asserts.(18)

Her *joie-de-vivre* overflows at Talbothays just as it does in the New Forest and even at Stonehenge. At Talbothays, Tess is listening to Angel strumming the harp:

> Tess was conscious of neither time nor space. The exaltation which she had described as being producible at will by gazing at a star, came now without any determination of hers; she undulated upon the thin notes of the second-hand harp, and their harmonies passed like breezes through her, bringing tears into her eyes. The floating pollen seemed to be his notes made visible, and the dampness of the garden the weeping of the garden's sensibility. Though near nightfall the rank-smelling weed-flowers glowed as if they would not close for intentness, and the waves of colour mixed with the waves of sound (*Td*, 134).

degree of her contemplation of the irreducible reality of death ruled by the laws of Nature.

In order to ameliorate these harsh conditions imposed by the implacable Nature, the narrator attempts to give some mental adjustments on behalf of Tess. Firstly there is her newly acquired way of grasping the world as 'only a psychological phenomenon'. Back at home, away from 'the manor of her bogus kinfolk', Tess strolls among the fields and dales in the evening:

> At times her whimsical fancy would intensify natural processes around her till they seemed a part of her own story. Rather they became part of it; for the world is only a psychological phenomenon, and what they seemed they were (*Td*, 101).

What is happening here is a total inversion of the focal point. Hitherto, Hardy has been concerned with Tess subject to the vagaries of pitiless Nature. Hereafter, Tess is at the centre of the blurred surroundings of her world. This mental inversion of positions is the author's announcement of the new order. Hardy repeats the same point again later in the text:

> Upon her sensations the whole world depended to Tess; through her existence all her fellow-creatures existed, to her. The universe itself only came into being for Tess on the particular day in the particular year in which she was born (*Td*, 161).

The supremacy of individual thought is revealed here. The fact that the whole world is ascribed to Tess's sensations is an emphatic demonstration 'recuperative power which pervaded organic nature' (*Td*, 113), so that Tess is encouraged to start again after her disastrous experience with Alec. Listening to 'the stir of germination' in the buds, Tess is moved to live again in accord with springtime.

Let us for a moment look more closely at one of Tess's characteristics: that she is prematurely philosophical and morbidly sensitive to death and the passage of time, which makes her undoubtedly a legitimate child of Thomas Hardy. Looking into the mirror, Tess, just seventeen years old, suddenly discerns death, her 'terminus in time'; but it is earlier, when she faces the death of her illegitimate child, Sorrow, that an acute awareness of death and time is thrust upon her.

> …there was yet another date, of greater importance to her than those; that of her own death, when all these charms would have disappeared;… Why did she not feel the chill of each yearly encounter with such a cold relation?...of that day, doomed to be her terminus in time through all the ages, she did not know the place in month, week, season or year (*Td*, 112).

The narrator, with an unequivocally clear eye, displays Tess's total commitment in her confrontation with the fact of death. She accepts with composed realism that there is a day 'doomed to be her terminus in time'. Later on we see a gruesome description of Tess imagining her own death: 'The wife of Angel Clare put her hand to her brow, and felt its curve, and the edges of her eye-sockets perceptible under the soft skin, and thought as she did so that a time would come when that bone would be bare'(17) (*Td*, 267). The mental image of her own bare skull reveals to us the cruel

The story of Tess is simple. She makes a visit to the d'Urbervilles to whom the Derbeyfield are told to be genealogically related. In due course, the pure and ignorant Tess is seduced by Alec d'Urberville with whom she is not in love, and she bears an illegitimate child, Sorrow, who dies as a baby. She becomes a milkmaid at a farm in Talbothays on Egdon Heath where she encounters Angel Clare. They might make a perfect union, a Platonic 'two-in-oneness', but on their wedding night Tess confesses her past, and is rejected by Angel. They part, but after a long while Angel returns. Her seducer, Alec reappears. Tess murders him and henceforward she and Angel are fugitives. She is arrested dramatically in Stonehenge, tried and sentenced to death. This is the whole plot, and yet the text is extremely abundant in ideas, mirroring the age as well as Hardy's inner condition.

'Nature', as understood and described by Hardy, seems to be the principle which moves the Universe and causes human beings to exist facing various aspects of life. From his point of view, Nature has a dual aspect: one is negative, ruthless, blind and sly, while the other is positive, generating, nurturing and recuperative. The former aspect is illustrated by the ill-timing, or 'anachronism' which prevents people from meeting the right person at the right time to achieve a Platonic two-in-one wholeness: 'it was not the two halves of a perfect whole that confronted each other at the perfect moment; a missing counterpart wandered independently about the earth waiting in crass obtuseness till the late time came' (*Td*, 60). This is exactly the case with the relationship between Tess and Angel. Tess's son is referred to as 'that bastard gift of shameless Nature who respects not the social law' (*Td*, 110).

Nature's latter aspect can conversely be a source of delight. It has the

clings on to Dinah 'as the only visible sign of love and pity' (*AB*, 443). Dinah is portrayed as a living woman and yet, at the same time, a living abstraction and symbol of 'the essence of Christianity'. Beneath her Quaker habit, what is vivid and alive is her sublime love, as the narrator describes:

> Dinah, covered with her long white dress, her pale face full of subdued emotion, almost like a lovely corpse into which the soul has returned charged with sublimer secrets and a sublimer love (*AB*,155-6).

Thus we see Dinah simultaneously as a deeply feeling woman, a personification of Christ and a practioner of Feuerbach's ideas.

4. *Tess of the d'Urbervilles*

Tess Derbeyfield is no ordinary 'fallen woman'. Hardy has invested so much of himself in the creation of Tess and has directed our gaze so intently into her mind, that we can see a personality far more complicated, modern and progressive than Ruth or Hetty. Tess's suffering, pain and fear are not merely those of a 'fallen' woman, but have a broader, more ontological aspect. Besides, her pain is not hers alone, but is shared with her contemporaries in general. For example, Angel Clare's 'chronic melancholy which is taking hold of the civilized races with the decline of belief in a beneficent Power'(16) is also Tess's and is the projection of the pain in the author's depressed and vacillating mind.

lives in us as an indestructible force, only changing its form, as forces do, and passing from pain into sympathy' (*AB*, 468). Sympathy is engendered from a sharp observation of people's pain. A rise of sympathy requires imagination as well. Eliot shows us how imagination and sympathy interacts together: 'It was in this way that Dinah's imagination and sympathy acted and reacted habitually, each heightening the other' (*AB*, 155).

Dinah is the central figure who puts Eliot's ideas into practice. Indeed Eliot's consort, George Henry Lewes recommended her to develop Dinah as the main character,(15) to which Eliot assented.

In the dark prison where Hetty awaits a sentence for child murder, Dinah visits her and clasps her, their cheeks touching. The marked difference between them has been illustrated throughout the novel. Hetty, in sharp contrast to Dinah, has 'a luxurious and vain nature' and 'the narrow heart and narrow thought, no room in them for any sorrows but her own' (*AB*, 374). Now this self-seeking Hetty clings to totally selfless Dinah, whose face looms up like a white lily in the black dress on her slight figure. This is the selfless, itinerant Methodist preacher who is regarded as 'holy' by the people around her. As Seth puts it : 'She's too good and holy for any man, let alone me' (*AB*, 34), Adam's view of her as 'like St. Catherine in a Quaker dress' (*AB*,63). The Reverend. Irwine's opinion of her concurs: 'there's so much tenderness, refinement, and purity about her' and adds the impression of 'airs from heaven' to her (*AB*, 266). Even Arthur's admiration of her aspires to the possibility of worshipping her.

With all this it is not surprising for her to be represented as a personified 'Divine pity' or 'Invisible Mercy'. Hetty, on her way to execution,

Here we see Feuerbach's idea of the suffering, feeling and loving God subsumed into Eliot's creation of Dinah. Occasionally we sense that Dinah could be a personified Jesus, utterly neglecting her own self and preoccupied with Lisbeth's and Hetty's 'sorrow' and 'suffering'. When Dinah writes to Seth that 'infinite love is suffering too' or 'sorrow is then a part of love' or again 'our love is one with our sorrow', we recognise that Dinah's thoughts and actions are in alignment with Feuerbach's notions. To solidify Dinah's assertions, the narrator makes further decisive comments: 'No wonder man's religion has much sorrow in it: no wonder he needs a suffering God' (*AB*, 350).

Unlike Gaskell' Ruth, Eliot's Hetty is not allowed more than a hint- her transportation to Botany Bay- of the possibility of moral regeneration: instead it is Adam, her one-time suitor, who is encumbered with experiences of enormous difficulties and pain, and then translated to a higher existence; the 'growth of higher feeling' and the 'sense of enlarged being' (*AB*, 508). The narrator conveys the author's intentions fully: 'Deep, unspeakable suffering may well be called a baptism, a regeneration, the initiation into a new state' (*AB*, 409). Thus, as we have seen, with the instillation of 'sorrow' and 'suffering' into the characters Eliot orientates them into a new stage.

Following this first step, pain, sorrow and suffering are to be promoted by the engine of feelings into sympathy. This process of the transformation is again explained by the narrator: 'in the last year or so, Adam had been getting more and more indulgent to Seth. It was part of that growing tenderness which came from the sorrow at work within him' (*AB*, 467), and the description continues: 'Let us rather be thankful that our sorrow

'children of a large family' of men.

Early on in the novel the author, in her undisguised role as a narrator, expounds the sublime existence of 'an unfathomable ocean of love and beauty' and that 'our love at its highest flood rushes beyond its object, and loses itself in the sense of divine mystery' (*AB*, 38). This sort of concept of love reminds us of Plato's idea of beauty and love at their most sublime standing at the highest ladder after they have progressed from the physical to the spiritual level. In his *Symposium*, Plato refers to 'the vast sea of beauty', and there are some resonances here. Plato's spiritual 'true beauty', 'absolute beauty, divine and constant'(14) must have been one of the dominant influences on the Victorians in forming their ideas of absolute beauty and love. We know, for instance, that Hardy was influenced most certainly by Plato. These Platonic ideas of 'true beauty' and 'absolute beauty' seem to be a constant undercurrent in Victorian writing, and other authors, such as Emily Bronte and Oscar Wilde, are manifestly under his influence.

It is with this kind of highly exalted sense of love that Eliot in Adam Bede entwines with 'sorrow' and 'suffering', derived again from Jesus, 'the Man of Sorrows'. Dinah's letter to Seth discloses it very clearly:

> ...I can bear with a willing pain, as if I was sharing the Redeemer's cross. For I feel it, I feel it – infinite love is suffering too.... Surely it is not true blessedness to be free from sorrow, while there is sorrow and sin in the world: sorrow is then a part of love, and love does not seek to throw it off....Is not the Man of Sorrows there in that crucified body wherewith he ascended? And is he not one with the Infinite Love itself – as our love is one with our sorrow (*AB*, 316)?

the centre of her world and leads them to 'feel' religion, to 'feel' that there exists 'deep spiritual things' in religion.

Let us consider how 'feelings' and 'to feel' in this sense are to be interpreted in Eliot's religion of humanism. Her emphasis on 'feeling' is expressed in her description of Adam. Adam asserts that 'I've seen pretty clear, ever since I was a young un, as religion's something else besides notions. It isn't notions set people doing the right thing – it's feelings' (*AB*, 176). He also discerns that 'That shows me there's deep speritial things in religion. You can't make much out wi' talking about it, but you feel it' (*AB*, 177).

Feuerbach, as Eliot's preceptor, elaborates on 'feeling' embodied with 'the suffering God':

> God suffers, means in truth nothing else than: God is a heart. The heart is the source, the centre of all suffering. A being without suffering is a being without a heart. The mystery of the suffering God is therefore the mystery of feeling, sensibility. A suffering God is a feeling, sensitive God. But the proposition: God is a feeling Being, is only the religious periphrase of the proposition: feeling is absolute, divine in its nature (*EC*, 62-3).

Feuerbach's God, then, is a feeling, and therefore a loving God. Feeling is the engine in detecting sorrow and suffering. Eliot entirely agrees with Feuerbach and his influence on her is obvious. In *Adam Bede* she repeatedly dispenses 'sorrow' and 'suffering', firstly attaching them to individuals like Hetty, Lisbeth and others, and then expanding the real, tragic case into the generalised and abstract ideas applicable to all the completed.

Ruth's sorrow and suffering endows her with 'a thoughtful conscientiousness'. The errors of her youth are to be washed away by her tears : '– it was so once when the gentle, blessed Christ was upon earth' (*R*, 301). Gaskell' scheme is that Mary Magdalen is to be 'raised and refined', and we can not say that Ruth's death scene is tragic. Her moral ascent is complete and at its most sublime when she helps the poor sufferers in the typhus ward; and they are 'unconsciously gratified and soothed by her harmony and refinement of manner, voice, and gesture' (*R*, 390-1), entailing some 'balmy effect'. She even ushers them into Paradise by her 'low-breathed sentences spoken into their ear'. Those unfortunate and poverty-stricken people bless her. Mr Benson and Leonard, outside of the ward hear 'a clamour of tongues, each with some tale of his mother's gentle doings' (*R*, 429). She has been enthroned as Mary the mother of Jesus and her actions are equated with those of Jesus. Here is the cystallization of her 'goodness', the fruit of her 'noble, humble, pious endurance of the consequences of what was wrong in her early life' (*R*, 419). Eventually, she passes away bathed in full divine light almost as though she were stretching out her arms to receive holy communion. Her face has 'a lovely, rapturous, breathless smile', 'as if she saw some happy vision' (*R*, 448). Her spiritual ascent has achieved its earthly summit.

3. *Adam Bede*

While Gaskell takes religion at its face value, and commits herself deeply to it and its concomitant 'goodness', Eliot puts human beings at

Gaskell not only has planned Ruth's death beforehand, but has designed it to be an integral part of her fictional scheme. Mr Benson counsels Ruth to show Leonard 'the hard and thorny path which was trodden once by the bleeding feet of One. Ruth! think of the Saviour's life and cruel death, and of His divine faithfulness' (*R*, 358). Perhaps Mr Benson is unconsciously equating the faithfulness and death of Ruth with that of Jesus. Jesus's death, Millard writes 'was the price he paid for the utmost integrity and allegiance to the will of the God he loved and who had given him his mission'.(13) Ruth's death, likewise, is the price she paid for determination to be purified.

Ruth, originally is a pure and innocent girl. The images of purity are attached to her in profusion: 'innocent and snow-pure', 'white dress', 'white water-lilies on her head' and 'the colouring and purity of effect of a snowdrop' and so on. The reasons for her fall are, firstly that she wanted to see some light and hope in 'hungry and cold' miserable days as an orphan, when Bellingham became a shaft of light and hope. Secondly she is 'obedient and docile by nature, and unsuspicious and innocent of any harmful consequences' (*R*, 61). She is a 'fallen woman' only by worldly convention.

Instead of damning her Gaskell gives a chance for Ruth to ascend morally and regain her real identity, a moral ascent recorded steadily from the moment when she was rescued by Mr Benson. All 'that is good in her', he firmly believes, 'may be raised to a height unmeasured but by God' (*R*, 121). In his house Ruth inhales 'a purer ether, a diviner air'; in due course her eyes acquire 'a thoughtful spiritual look'. Still more her 'love for her child led her up to love to God' (*R*, 209). The baby is now 'the noble babe' and 'the sweet lordly baby'. The picture of 'Mary with the Holy Babe' is

the suicidal Ruth in the pasture, and in dealing with Ruth he talks to Faith 'of the tenderness which led the Magdalen aright' (*R*, 119) .

That Gaskell is pursuing the analogy with Christ becomes apparent when we come across Mr Benson's emotional outpouring directed at Mr Bradshaw:

> "Now I wish God would give power to speak out convincingly what I believe to be His truth, that not every woman who has fallen is depraved; that many – how many the Great Judgment Day will reveal to those who have shaken off the poor, sore, penitent hearts on earth – many, many crave and hunger after a chance for virtue – the help which no man gives to them – help – that gentle tender help which Jesus gave once to Mary Magdalen" (*R*, 350-1).

Here is Mr Benson extending the same 'gentle tender help' to Ruth. She has been given 'a chance for virtue', a chance for self-regeneration into a 'good' woman, a woman even ascending morally higher and higher. There is a vivid chiaroscuro when we set the flexible, tender ethics exhibited by Mr Benson against the rigid, Pharisaical ethics of Mr Bradshaw and the one brings the other into high relief.

The denouement with Ruth's death has been wailed over notably by Charlotte Brontë (*EGCH*, 200) and Elizabeth Barrett Browning (*EGCH*, 316). Eliot, too, criticises Gaskell's writing as having too much 'dramatic effects'. Eliot writes to Mrs Peter Taylor February 1st, 1853: '… Mrs Gaskell seems to me to be constantly misled by a love of sharp contrasts – of "dramatic "effects. She is not contended with the subdued colouring – the half tints of real life' (*GEL*,II,85-6). Nevertheless, it is obvious that

We are under the impression that her narrative on the church gargoyle in Abermouth concerning the relationship between the creator and the handicraftsman parallels the relationship between God and the author, the literary handicraftsman who has chiseled Ruth, Mr Benson et al., following the God's guidance religiously:

> … what soul the unknown carver must have had! for creator and handicraftsman must have been one; no two minds could have been in such perfect harmony (*R*, 283).

At the very outset of *Ruth*, on page two in fact, Gaskell discloses her determined opinion that only a minority can break 'all outward conventionalities' 'when an inward necessity for independent individual action arises'. This is precisely what Mr Benson does, and both Ruth herself and Mr Benson are created within a religious framework which is founded upon the 'Unitarian belief that everyone should find his or her own truth'.(12)

Hence Mr Benson's moral decision can be received by his sister, Faith as 'questionable morality'. Nevertheless, his will to save Ruth, his pity, sympathy and love are all consistent with his principles, and his quiet, self-sacrificial action gradually bestows on him a Christ-like aspect. This is clearly intended by the author. He is the complete opposite of Adolphus Irwine, the epicurean and self-indulgent vicar of Hayslope in *Adam Bede* who has 'no lofty aims, no theological enthusiasm'. The contrast is emphasised by his possession of 'the mild beauty of the face' and 'something of a quick spiritual light in deep set eyes' (*R*, 68). The narrator talks of 'some look of heavenly pity in his eyes' (*R*, 96) when he discovers 'conscience' and as an author who is almost obsessed by being 'good', she fully developed her objective. She knew exactly what she was attempting to do. The model for Ruth was a real 'fallen woman' called Pasley, so that Gaskell felt an urgent need to bring the whole prurient, prudishly suppressed subject into the public domain.

Despite her anxiety on the possible outcome of the publication of *Ruth*, she was probably content internally. Contemporary critical comments on *Ruth* are divided.(10) The shallow, negative opinions of the work driven by mere 'conventions' completely fail to penetrate into the spiritual depth and beauty. The favourable views are worth a closer look. An unsigned review in the *Guardian* of February 2nd, 1853 wrote: 'We have seldom met with a character so beautiful as Ruth's ; gentle, tender, confiding, and imaginative, she loves deeply…,' (*EGCH*, 235). Henry Crabb Robinson sent a letter to Thomas Robinson on February 12th, 1853: '… *Ruth*, by Mrs. Gaskell, is vastly superior to her Mary Barton – Indeed one of the most exquisitely beautiful specimens of moral painting, treating a most delicate & difficult subject with unsurpassable refinement, which I ever perused' (*EGCH*, 244-5).

Indeed what makes *Ruth* so successful seems to be Ruth's moral rebirth as a noble, modest, sweet figure who ends her life with self-sacrificial act of love. She emerges as a fusion of the characteristics of Mary the mother of Jesus and Mary Magdalene. Although *Ruth* is a religious story, what glitters is not its religiosity, but its concomitant effusion of the human spirit exhibiting some of its most sublime emotions.(11) Gaskell's writing in Ruth in particular, has the force to stimulate the most tender feelings lying asleep at the bottom of our heart. It is what Tolstoy described as the 'permeating force of a real literature'.

with the emotional and spiritual. He concludes that 'The emotions have no place in a world of defect, and it is a cruel injustice that they should have developed in it' (*LTH*, 149). Here is a glimpse of his resignation and despair at intractable Nature's overpowering of the human spirit.

Without the peace of mind which comes to Gaskell from her firm belief in Christianity, and without Eliot's faith in the new religion of Love, Hardy is depressed by the thought that there is no remedy for Nature's defects. Even the great, and on the whole beneficial advances in science and medicine in the nineteenth century are far from solving his problem, that when the notion of God is dead and buried, he and his contemporaries are unable to find a replacement to give them spiritual solace. This is Hardy's 'ache of Modernism'. When he writes ' I sometimes look upon all things in inanimate Nature as pensive mutes' (*LTH*, 114), we hear Hardy's despair reverberating throughout the world of his fiction.

Tess is thus, in a sense, a projection of Hardy's dismayed and depressed inner conditions. Her suffering comes untimely early when, under the influence of Angel Clare, she is vacillating between a Christian faith and a Hellenistic, Pagan faith and has no ultimate spiritual prop.

These three fallen women then are treated in different ways by their authors, depending upon each author's principles, philosophy and inclination, the factors which more or less mirror the age in which they are created.

2. Ruth

Ruth is a work in which Gaskell successfully fulfilled her sense of rationality and irrationality' (*LTH*, 309). That balance-point occasionally tilts towards irrationality (soul, spirit, emotion rather than reason) and the balancing act itself demands enormous efforts on the part of the author.

As a boy he had a dream to become a parson and as a young man was ardently devoted to Christianity with the aim of taking Holy Orders at Cambridge (*LTH*, 376). In 1907, however, he wrote in his journal that '*Religious, religion*, is to be used in the article in its modern sense entirely, as being expressive of nobler feelings towards humanity and emotional goodness and greatness, the old meaning of the word – ceremony, or ritual – having perished, or nearly' (*LTH*, 332). Although he could not cast off the flavour of religion entirely, Hardy ceased to believe in God.

Like Gaskell and Eliot, Hardy too, writes about the need of 'kind-heartedness' to others. Just as Eliot refers to 'children of a large family' he grasps human beings as 'members of one corporeal frame' (*LTH*, 224), an idea which is incorporated into Jude the Obscure and *The Well-Beloved.* The idea may well be connected with Darwinian thinking of the preservation of the species by cooperation and mutual help. Hardy's concept of altruism, in an analogous way to both Gaskell's and Eliot's, derives from feeling 'the pain we see in others reacting on ourselves, as if we and they were a part of one body' (*LTH*, 224).

Yet in Hardy's case the idea of altruism is overwhelmed by the oppressive and ineluctable forces of Nature. Nature, in his philosophy, has 'defects' and he looks upon it largely as ruthless, blind and sly (his invective against Nature as 'vulpine slyness of Dame Nature'). On the other hand we should not forget his recurrent descriptions of generating, nurturing and recuperative side of Nature. In his journal entry of May 9th, 1881, Hardy records his attempt to reconcile the scientific view of life

comes in a similar way, to regard Christianity as 'the religion of emotional morality and altruism that was taught by Jesus Christ'. (9)

Significantly, the sufferers in *Adam Bede* are succoured not by God, but by their fellow human beings, a network of people's pity, sympathy and love. Eliot expounds on the need for human help since Nature appears 'unmindful' and 'unconscious' of us: 'We are children of a large family, and must learn, as such children do, not to expect that our hurts will be made much of – to be content with little nurture and caressing, and help each other the more' (*AB*, 282). This, in a nutshell, is none other than her proposition of humanism.

The observation of Hetty's suffering is the foundation upon which the people surrounding her, Dinah, Adam, the Reverent Irwine, a schoolmaster, Bartle Massey and even Arthur, her seducer, combine in the end to help her. Hetty's pain and suffering kindle the flame of sympathy, and sympathy is the key word at the heart of *Adam Bede*. Eliot elaborates on sympathy as 'the one poor word which includes all our best insight and our best love' (*AB*, 468).

As the scientific discoveries unfold, Eliot goes along with the new age, showing a great interest in the publication of Darwin's *The Origin of Species*. At the same time she discloses her greater interest in 'the mystery' lying behind evolution. She is modest enough, therefore, to maintain the sense of mystery which is so prevalent in life.

Thomas Hardy goes further, placing his trust solely in the scientific and reasoning thought processes. Nevertheless he begins to discover that science alone cannot help him resolve his mental disarray or give him solace. Yet he strives to maintain a good balance between science and spirit, as is illustrated by his expression 'the indifference point between wherein the individual conscience is paramount.

Referring now to Eliot's *Scenes of Clerical Life* and *Adam Bede*, 'I never read anything so complete, and beautiful in fiction, in my whole life before' (*GL*, 592), so high was Gaskell's praise in her letter to Eliot on November 10th 1859. There are clear resonances in the writings of the two authors in regard to the introduction of metaphysical beauty.

There is a marked difference, however, in that beneath the surface of the deeply religious colouring in *Adam Bede,*[(4)] a latent positivistic inclination emanates from its plot, from its narratives and from its characterization. Eliot, in her youth, had been a devout Evangelist , but by 1841 she had discarded her faith, later on embraced Pantheism. That, in turn, was discarded [(5)] when she fell under the influence of Positivism. She published her own translation of Feuerbach's *Das Wesen des Christenthums* as *The Essence of Christianity*, which appeared in Chapman' Quarterly Series in 1854. She disclosed her total agreement with Feuerbach' ideas in her letter to Sara Hennell.[(6)] Feuerbach himself manifests his central concept on Love, enthroning it on the Seat of God: 'Love is God himself, and apart from it there is no God. Love makes man God and God man'.[(7)] His proposition,'A suffering God is a feeling, sensitive God' (*EC*, 63) concurs with Eliot's creation of Dinah Morris in *Adam Bede*, a woman whose mind is recurrently directed to the thought that 'Jesus, the Man of Sorrows, was standing looking towards me, and pointing to the sinful, and suffering, and afflicted'.[(8)] The suffering in this instance are not only Hetty Sorrel, Adam Bede, Arthur Donnithorne, but also Lisbeth Bede, Seth Bede and others. Dinah furthermore, shares the suffering and sorrow of Hetty. Dinah's words and actions follow precisely the fundamental essence abstracted from Jesus Christ. Thomas Hardy 'essentially do not adhere to a creed; individual conscience is the ultimate authority for Unitarians'.[1] Gaskell's application of the Unitarianism here is clear and Mr Benson makes full use of the freedom of conscience which it bestows. That Gaskell's intention is absolutely firm is conveyed in her letter to Anne Robson: '...I determined notwithstanding to speak my mind out about it; only how I shrink with more pain than I can tell you from what people are saying, though I wd do every jot of it over again to-morrow'.[2] The true virtue, Gaskell insists, should be displayed and acknowledged.

The evolution of the character of Ruth is remarkable. She grows from a pure, innocent, lonely orphan girl into a 'noble', 'dignified', 'calm', 'modest' and 'thoughtful' woman with 'sympathy', exhaling the fragrance of 'sweetness'. She even acquires a classical appearance: 'Her face was positively Greek; and then such a proud superb turn of her head; quite queenly'![3]

This ennoblement of Ruth from her base position as a 'fallen woman', displaying as it does the possibility of self-regeneration, is the very epitome of Gaskell's defiance against the Victorian 'conventions'. Ruth's moral resurrection displays an abstract, Platonic beauty, an allegory of the physical beauty which attends the emerging of a butterfly from its cocoon. As a consequence of Mr Benson's 'tenderness' her moral position has been raised to the extent of 'a height unmeasured but by God' (*R*, 121). Indeed, the author herself compares Mr Benson's tenderness with that of Jesus Christ towards Mary Magdalen, the 'fallen woman' of the gospels, and the introduction of Ruth's courageous act in helping the sufferers from the epidemic of typhus fever becomes the very apotheosis of her moral resurgence. This is Gaskell's story, told in a framework of Unitarianism

Ruth, Adam Bede and Tess of the d'Urbervilles: Three Fallen Women and the Spirit of the Age

Harumi James

1. Introduction

Ruth Hilton in Elizabeth Gaskell's *Ruth*, Hetty Sorrel in George Eliot's *Adam Bede* and Tess Derbeyfield in Thomas Hardy's *Tess of the d' Urbervilles* are all examples of what would have been described in Victorian times as 'fallen women'. By a close analysis of their characters, their *milieu* and their interaction with their respective surroundings we may learn much about the individual traits and purposes of their authors as well as being given a vivid glimpse of the *zeitgeist* of the Victorian era.

In *Ruth* Gaskell's Unitarian reforming voice can be heard in full force as she defies all the likelihood of public censure by bringing a 'fallen woman' into her novel. Yet her defiant posture emerges most forcibly when she creates the character of a deformed Dissenting minister, Thurston Benson, a man of the cloth who is prepared to tell barefaced lies to the world in order to defend the character of Ruth. Mr Benson violates the central kernel of his own ethical code, 'truth' in order to acknowledge the supremacy of the true virtues of 'pity', 'love', 'tenderness', and 'sympathy' over the conventions of the times.

Mr Benson's violation of the conventions is of course in full accordance with the Unitarian way. Unitarians, as Kay Millard shows us,

and knowledge of her other varied works.

Cranford still speaks to us of the human values of tolerance, sympathy, understanding and courage through all the changing scenes of life.

Yuriko and I have enjoyed walking around Knutsford together to find echoes of Cranford days but it is only in the pages of the book that Cranford lives again.

Notes

GL: Letters of Mrs Gaskell edited by JAV Chapple and Arthur Pollard Manchester University Press. 1966

1. *Elizabeth Gaskell The Early Years* by John Chapple, MUP 1997
2. *Cranford Again* ed. Edward Hall, a transcript of the Whittaker letters in Manchester Central Library local history collection.
3. *Letters and Journals of Sir Alan Lascelles* edited by Duff Hart Davies (Hamish Hamilton 1986)

Cranford has been cherished for its gentle, ironic humour but I was amused to find that a cavalry officer amid the disaster of the First World War[(3)] found *Cranford* exciting reading:

23 September 1918
Headquarters 2nd Cavalry Brigade

Who is my favourite woman in fiction? Helen of Troy? Jane Eyre? ... Tess – no not even Tess, bless her poor heart, though I would sooner have my hands on that man Angel's throat than any German's.... The prize goes to Miss Matilda Jenkyns.

I have just re-read Cranford for the nth time. To me it is one of the most remarkable books ever written, because, apart from all its obvious qualities, its gentleness, its mellow Raeburn portrait gallery, its fun and so on, I find it intensely exciting. It grips me more than any detective or 'Prisoner of Zenda 'romance, and the reason I don't know it by heart is that once I start reading it, I go faster and faster till, when the Aga's return is imminent, I am turning the pages like a cinematograph.

Can you tell me why this is? I know perfectly well what is going to happen; the story of Miss Betty Barker's cow has been a chestnut to me for nearly twenty years; Signor Brunoni is no mystery to me; the Hoggins-Glenmire marriage comes as no shock; and I know it's Peter long before even Mary Smith suspects it ... And still that book makes me burn more midnight oil than almost any other.

We Gaskell members still love *Cranford* but also have an appreciation

soon recognised by the Cranford ladies as one them despite having been in some awe of her because of her title, which she yields up to marry Dr Hoggins with such an undignified name! Miss Jenkyns proved a true friend and supporter to Jessie Brown after her sister's and father's death and surprised her sister by permitting the courtship with Major Gordon.

In the Gaskell letters that reveal relationships between Elizabeth and her cousins, Lucy is barely mentioned yet both sisters supported schools in Knutsford and Lucy had artistic talents. John Chapple in his book, *The Early Years*(1) has traced family memorabilia such as the sisters' travel diaries that indicate their characters and abilities. *Lucy is rather a curiosity; a jumble of untrained ideas, of cleverness in some things and studidity in others ... her good temper makes her take well the laughter which it is impossible to restrain at her odd speeches without wishing to make her ridiculous.*'(2) wrote Sarah Whittaker to her brother.

If Mary was the model for Miss Deborah Jenkyns then Lucy as Miss Matty, always Matilda to her sister, was in her shadow. Did the author find some satisfaction in allowing Miss Jenkyns to die so that Miss Matty could live more fully by becoming independent and self- reliant?

The reader sees her developing her own ethics; her rule about no followers in her household changed when she remembered the lost opportunity of happiness she had suffered by not being allowed to marry Mr Holbrook, so she permitted Martha to see Jem Hearn; in their turn the young couple support her when the bank failed. Her circumstances were made worse by her generosity in giving up her gold sovereigns for a useless failed bank note but her friends generously rally to her assistance within their limited means.

Her uncle Peter Holland had links to *Cranford's* surgeon Mr Hoggins and his daughters Mary and Lucy Holland were often identified as the originals for Miss Deborah Jenkyns and Miss Matty in *Cranford*. If Elizabeth's relations ever queried their *Cranford* counterparts it did not seem to cause any upset in their relationships between the cousins. Mary, nineteen years older **than Elizabeth**, was clever, forthright-perhaps domineering. She had lived in London for a time caring for her brother Henry's children after his first wife died and with Henry she had visited Wordsworth and Southey. Mary often visited at the Gaskell home in Manchester and knew many of their friends, though she cannot always have been an easy guest.

Elizabeth wrote that Meta 'is to go to Knutsford to the concert respecting which we've had a row with Cousin Mary [September 1860 GL.478] and in May 1861 she was anxious for her daughter Meta to return from her travels as she wanted her and 'cousin Mary to make friends'. And in a letter to Marianne [GL 475c] while she was staying in Knutsford ,'Love to Coz. Mary do tell her how it was I did not come to see her' but in April 1865 she wrote from London' I don't want to come home till Cousin Mary is gone. She did so snub me that day at Knutsford'.

Mrs Jamieson set the rules of social etiquette in *Cranford* but it was Miss Jenkyns who ruled on moral matters. Even her appearance indicated that she was a strong-minded, even dogmatic, woman who took Johnson as her model for letter writing and despised Captain Brown's preference for Dickens.

Cranford is loved for its universal truths about human nature and Elizabeth Gaskell's faith in its fundamental goodness. Lady Glenmire is of the study of human nature' and she told him that it was '… the only one of my own books that I can read again;– but whenever I am ailing or ill, I take *Cranford* and– I was going to say, enjoy it (but that would not be pretty!) laugh over it afresh. And it is true too…'. (GL 562) She went on to mention as true the cat that swallowed the lace, and the cow with a flannel jacket; she might have added the bank failure [now once again a threat to people's lives] and the magician.

She loved the book for the memories it brought back to her of her childhood.

I am sorry that she only mentioned to Ruskin these incidents and not the characters as several of these had Knutsford models: I could show you the house where Captain Brown lived, alias Captain Henry Hill.

Mrs Gaskell's daughter Marianne told how her mother was often surprised when they identified real life counterparts of her fictional characters and she said she had not intended this. Her imagination was triggered by her **memories and observations but it was her creative writing skill that brought her characters to life**.

Thackeray's daughter, a noted novelist herself, wrote an introduction to Macmillan's 1898 edition of Cranford, in which she described a visit to Knutsford where she was shown Miss Matty's tea shop and the assembly rooms at the Royal George.

She wrote:

> *Sometimes in later life she stayed with her cousins, the Miss Hollands, whose traditions she wove into shape, together with, the quaint conceits and stories which are still told in Knutsford.*

in the 1970 photo.

1970 was not the first time Yuriko came to Knutsford. On her visit in 1967 the local paper reported that she noticed, sadly, that her favourite Gaskell novel, *Wives and Daughters*, was not included on the list of Gaskell works to be seen on the side of the Gaskell Memorial Tower. This is a mystery because there was a magazine article in 1910 –the Gaskell centenary year– showing the tower and the list with *Wives and Daughters* as the final item; as the letters are inscribed in stone it is difficult to see how it has since disappeared. I have made an attempt to rectify this but have so far been unsuccessful.

The journalist of 1970 talked to Yuriko about the Japanese tea ceremony that was then still part her young students'education; it seemed a link with *Cranford* days and the rituals of company tea, visiting and card parties.

When I say I was not, in 1970, a 'Gaskell enthusiast' I must qualify this by saying I had long been proud of Knutsford's associations with Elizabeth Gaskell and had enjoyed reading *Cranford* as a school text book in literature classes but I had not studied her deeply. A few years later I was invited to conduct a class in Knutsford in Gaskell studies and set about studying her works and life and I am still learning.Yuriko was ahead of me as a pioneer, in promoting Gaskell studies in Japan.

Cranford, was the book by which Elizabeth Gaskell's name was longest remembered around the world, while her other books had become forgotten and were out of print; it remained a favourite in many illustrated editions. Ruskin commented that Cranford was 'a most finished little piece

Yuriko and Knutsford's Cranford Days

Joan Leach

A tattered old newspaper cutting I have is yellow with age and I do not remember how or when I acquired it. It is from The Knutsford Guardian newspaper with the date 1/8/1970 added in pencil; it shows a photograph of a youthful and elegant looking 'Madama Yuriko Yamawaki' standing outside the house where Elizabeth Cleghorn Stevenson grew up to become Mrs Gaskell.

At that date I may have been in Knutsford for, after living for some years in the south of England, I came back in August 1970, to live in the area with my family, so I had not been involved in welcoming Mrs Yamawaki and do not remember her visit. I would not have been introduced to her as I was not then known as a Gaskell enthusiast.

Nor was I in the town in 1960 when there were celebrations for the 150th anniversary of Elizabeth Gaskell's birth. For some years after this there was an annual Gaskell Ladies Lunch when a noted literary speaker was invited; in 1985 an elderly Knutsford lady I knew talked to me about these lunches and regretted that they were no longer held. It spurred me on to organise a similar event for the 175th anniversary: this resulted in the founding of the Gaskell Society. Studying the old paper I realise that this lady who talked to me is the same one who was talking to Mrs Yamawaki

あとがき

文学離れ、文学離れと言われて久しいが、最近では「ケータイ小説」と呼ばれる新しい文学形式が登場し、若い人たちを中心に受け入れられている。これは一種の文学復興と捉えることもできよう。だが、このような状況の中でイギリス小説に目を向けたとき、ジェイン・オースティンやブロンテ姉妹の名前は知っていても、エリザベス・ギャスケルの名前を知っている人が少ないのは残念なことである。町の書店の棚にギャスケルの作品を見つけることはまれであるし、ジェイン・オースティンやブロンテ姉妹のように、作品が映画化され日本で上映されることもない。

本書で論文を執筆したメンバーは、三〇年以上も前に、現在よりもギャスケルの存在が知られていなかった中で、山脇百合子先生を通してこの無名の一九世紀のイギリス女性作家の名前を知ることになった。日本でいち早くエリザベス・ギャスケルの文学的価値を認められ、ギャスケル研究の第一人者である山脇先生は、大学や大学院の講義の中でギャスケルのすばらしさを穏やかな口調の中に熱い思いを込めて語られた。その熱い思いが教え子の私たちの心に深く長く浸透し、今回の論文集の企画へとつながっていったのである。

山脇先生への感謝の気持ちとして、いつの日か実践女子大学、大学院の出身者を中心としたギャスケルの作品集をまとめたいと考えていた。しかし、その機会は思いのほか長く訪れることがなく、この度ようやく実現の運びとなった。

本書の執筆者は、教職に就いているもの、もと大学職員であったもの、家業を継ぎながらギャスケルの研究を続けているもの、とさまざまな経歴の持ち主である。共通点は山脇先生を敬愛し、山脇先生を通じてエリザベス・ギャスケルに触れるという幸運な機会を持ったということである。

論文集としてまとめるにあたって、「孤独と共感」を共通テーマにしたが、この二つの要素がまさにエリザベス・ギャスケルの人間性の本質をなすものであり、長編、短編にかかわらず、ギャスケルの作品の基調となると考えたからである。ギャスケルが作家として活躍した時代は、今から二〇〇年以上も前のイギリス・ヴィクトリア朝である。産業革命が本格化し、人々は物質的豊かさを享受していた。だが、本書で繰り返し言及されているように、貧困に苦しむ者、孤独をかこむ者など社会の底辺であえぐ弱者も数多く存在した。この「豊かな者と貧しき者」の構図は二一世紀に入りますます深刻さを増している。異なる二つの世界をつなぐものとして、一九世紀にギャスケルは「共感」の重要性を主張したが、現代に生きる私たちが今こそ真摯に求めなければならないものとなっている。その意味でも、ギャスケルの作品を読む意義は非常に大きいと思われる。

今までエリザベス・ギャスケルの名前も、ましてや作品を読んだことのない人たちが本書を読むことによって、実際にギャスケルの小説を読んでみようという気持ちになっていただければ、執筆者を代表してこれ以上の喜びはない。

最後に、本論文集の出版にあたり、開文社出版の安居洋一氏に多大なご尽力を頂いた。あらためて厚く御礼申し上げる。また、本書の趣旨を理解していただき、快く執筆を引き受けて下さった英国ギャスケル協会・事務局長のジョーン・リーチさん、そしてヴィクトリア朝文学の研究家ジェイムズ・治美さんに再度感謝の言葉を申し上げる。

二〇〇九年四月

阿部　美恵

1866年	1月	『妻たちと娘たち』の最終章、『コーンヒル・マガジン』の編集者フレデリック・グリーンウッドによって締めくくりの言葉が付され掲載される。
	2月	『妻たちと娘たち』出版（コーンヒル・マガジン社）。

（作成：中村美絵）

12月	『クランフォード』の一章と二章にあたる部分が『ハウスホールド・ワーズ』誌に掲載される（以降1853年5月まで断続的に掲載）。
1853年 1月24日	『ルース』出版（チャップマン・アンド・ホール社）。
4月	シャーロット・ブロンテ、ギャスケル宅を訪問。
9月	ハワースのシャーロット・ブロンテを訪問。
1854年 5月	シャーロット・ブロンテ、ギャスケル宅を訪問。
9月	『北と南』、『ハウスホールド・ワーズ』誌に連載開始（1855年1月まで）。
1855年 3月	シャーロット・ブロンテ病死。
6月	パトリック・ブロンテより、娘シャーロットの伝記の執筆を依頼される。
	『北と南』出版（チャップマン・アンド・ホール社）。
1857年 2～5月	ローマ訪問。チャールズ・エリオット・ノートンと知り合う。
3月	『シャーロット・ブロンテの生涯』出版（スミス・エルダー社）。
1863年 2月	『シルヴィアの恋人たち』出版（スミス・エルダー社）。
11月	『従妹フィリス』、『コーンヒル・マガジン』誌に連載開始（1864年2月号まで）。
1864年 8月	『妻たちと娘たち』、『コーンヒル・マガジン』誌に連載開始。
1865年 8月	ハンプシャー、ホリボーンに邸宅を購入。
11月12日	エリザベス・ギャスケル、ホリボーンで死去。ナッツフォードのブルック・ストリート・チャペルに埋葬される。生涯に長編小説5作、伝記1作、その他数多くの中編、短編作品を残している。

1833 年　7 月	最初の子（女児）を死産。
1834 年　9 月 12 日	次女メアリアン誕生。
1837 年　1 月	夫と共に詩「貧しき人々のスケッチ　No.1」を『ブラックウッズ・エディンバラ・マガジン』1 月号に掲載。
2 月　5 日	三女マーガレット・エミリ（ミータ）誕生。
5 月　1 日	伯母ハナ・ラム死去。
1840 年	エッセイ「クロプトン館」をハウイット夫妻の『名所探訪』に掲載。
1842 年　秋	マンチェスターのアパー・ラムフォード通りに転居。
10 月　7 日	四女フローレンス・エリザベス誕生。
1844 年 10 月 23 日	長男ウィリアム（ウィリー）誕生。
1845 年　8 月 10 日	長男ウィリアム、猩紅熱で死亡。
1846 年　9 月　3 日	五女ジュリア・ブラッドフォード誕生。
1848 年 10 月 18 日	『メアリ・バートン』を二巻本で出版（チャップマン・アンド・ホール社）。
1849 年　3 ～ 5 月	ロンドン滞在。チャールズ・ディケンズ、トマス・カーライルらと会う。
1850 年　6 月	マンチェスターのプリマス・グローヴに転居。
8 月 19 日	ウィンダミアでシャーロット・ブロンテに初めて会う。
1851 年　6 月	シャーロット・ブロンテ、プリマス・グローヴのギャスケル宅を初めて訪問。

年　譜

1810年 9月29日	エリザベス・クレグホーン・スティーヴンスン、ロンドンのチェルシーにて誕生。
1811年10月29日	母エリザベス・スティーヴンスン死去。
11月	ナッツフォードの伯母ハナ・ラムに引き取られる。
1814年 4月11日	父ウィリアム・スティーヴンスン、ロンドンで再婚。
1820年 6月	インドへの航海に出る兄ジョンを見送るため、初めてロンドンの父親宅を訪問。
1821年10月	ウォーリックシャー、バーフォードにあるバイアリー女子寄宿学校に入学。
1824年 5月	バイアリー女子寄宿学校がストラトフォード・アポン・エイヴォンのエイヴォンバンクに移転。エリザベスも学友と共に移る。
1826年	バイアリー女子寄宿学校を卒業。ナッツフォードに戻る。
1828年	兄ジョン、行方不明。
1829年 3月22日	父ウィリアム死去。
1832年 8月30日	クロス・ストリート・チャペルの副牧師ウィリアム・ギャスケルと結婚。ウェールズへ新婚旅行。
9月29日	マンチェスターのドーヴァー通りの新居に入る。

（作成：阿部美恵、多比羅眞理子）

【マ行】

【ヤ行】

【ラ行】

【タ行】

【ナ行】

【ハ行】

【サ行】

索　引

【執筆者紹介】

山脇百合子（ヤマワキ　ユリコ）　文学博士、実践女子大学名誉教授
著書：『エリザベス・ギャスケル研究』、『英国女流作家論』（北星堂）、『形而上詩人ジョン・ダン』（近代文芸社）、訳書：『風景のブロンテ姉妹』（南雲堂）

阿部美恵（アベ　ヨシエ）　松蔭大学異文化コミュニケーション学部教授
著書：『ギャスケル文学にみる愛の諸相』（北星堂）共著、『ジェイン・オースティンを学ぶ人のために』（世界思想社）共著

多比羅眞理子（タヒラ　マリコ）　実践女子大学非常勤講師
著書：『ギャスケルのまなざし』（鳳書房）、『ギャスケル文学にみる愛の諸相』（北星堂）共著

中山恵美子（ナカヤマ　エミコ）　宝仙学園中学高等学校教諭
論文：「*Cranford*—理想郷を求めて」（『ギャスケル論集』第七号）、訳書：『メアリ・バートン』（近代文芸社）共訳

角田米子（ツノダ　ヨネコ）
訳書：『ルース』（近代文芸社）共訳

金子史江（カネコ　フミエ）杉並学院高等学校教員
訳書：『メアリ・バートン』（近代文芸社）共訳、「地主物語」（『ギャスケル全集』第一巻、大阪教育図書）

中村美絵（ナカムラ　ミエ）元津田塾大学専任職員
著書：『ギャスケル文学にみる愛の諸相』（北星堂）共著、訳書：「異父兄弟」（『ギャスケル全集』第一巻、大阪教育図書）

ジェイムズ・治美（ジェイムズ・ハルミ）
元熊本商科大学（現熊本学園大学）準教授、元グラスゴー大学客員研究員
論文：*Secrecy in George Eliot and Elizabeth Gaskell*（MA Thesis for University of Liverpool）、*Concepts of Time in the Selected Novels of Thomas Hardy*（MPhil Thesis for University of Manchester）

Joan Leach（ジョーン・リーチ）
MBE（member of the British Empire）, The Honorary Secretary of the Gaskell Society, Editor of the Gaskell Society Newsletter

エリザベス・ギャスケル――孤独と共感　（検印廃止）

2009年5月6日　初版発行

編著者　阿部美恵
　　　　多比羅眞理子
発行者　安居洋一
組版　アトリエ大角
印刷・製本　創栄図書印刷

160-0002　東京都新宿区坂町26
発行所　開文社出版株式会社
TEL 03-3358-6288 FAX 03-3358-6287
www.kaibunsha.co.jp

ISBN978-4-87571-052-3　C3098